이시환 시선집

시를 읽는 피아노

새로운 세상의 숲
신세림출판사

시인/문학평론가 **이시환** (1957 ~   )

시인 & 문학평론가

시집, 문학평론집, 여행기, 명상법, 성경 & 불경 탐구서,

주역(周易) 등 33종의 개인 저서가 있으며,

현 「동방문학」 발행인 겸 편집인으로 활동함.

이메일 : dongbangsi@hanmail.net

자서 自序

1. 시선집을 펴내는 배경

지난 2021년 12월에 PJ호텔에서 개최된 한국예술평론가협의회 주관 '올해의 최우수예술인상' 시상식장에서 근 30여 년 만에 정덕기 씨를 만났다. 그는 막 대학에서 정년 퇴임한 작곡가로, '작곡(作曲)'을 빼면 자기 인생에서 남는 게 없다고 말할 정도로 부단히 작곡 활동해온 사람이다. 그동안 천여 곡을 지었는데 그 가운데 600여 곡이 '가곡(歌曲)'이라 한다. 그러니 그가 읽은 시(詩)가 몇 편이며, 시인 이상으로 시를 깊이 이해하리라는 생각이 들었다.

나 역시 내 인생에서 '시(詩)'를 빼면 남는 것이 별로 없는 사람으로 끊임없이 시를 써왔으며, 지금껏 천여 편 이상 시를 썼고, 그 과정에서 시집, 문학평론집, 여행기, 종교적 에세이집, 주역(周易) 관련 책들까지 33종 이상의 개인 저서를 펴냈다.

정덕기 작곡가는 앞으로 작곡 활동하는 데에 정열을 바칠 수 있는 십 년이라는 시간이 남아 있다며 매우 인상적인 인사말을 내게 남겼다. 순간, 나는 지나간 삶과 남은 시간을 헤아리며 자신이 지금 무엇을 해야 하며, 또 무엇을 할 수 있는지를 분별하며 사는 '영근' 사람으로 판단했고, 교류가 있다면 서로에게 좋은 일도 있을 것이라는 예감이 들었다. 그래서 시상식장에서 헤어진 후 우리는 매일 카톡이나 이메일을 통해서 나는 그가 작곡한 가곡을 듣고, 그는 나의 시를 읽었다.

　2022년 1월 말까지 그와 그의 음악 세계가 궁금하여 주고받았던 질의응답 내용을 가지고 대담(對談) 원고를 정리하여 꾸몄으며, 그가 작곡한 가곡 가운데 내가 들었던 일부의 노랫말을 분석 대상으로 삼아서 「시에서 상상력이란 무엇인가?」라는 작은 원고를 썼다. 이 과정에서 "나의 시는 어떠한가? 「가곡(歌曲)」이라는 정장(正裝) 옷을 입혀 놓으면 어떨까?" 궁금해졌고, 또한 그런 욕심이 생겼다. 그래서 정덕기 작곡가가 나의 시를 읽고 평하는 말 한마디 한마디에 주의를 기울였다. 다행히 기대 이상의 호평(好評)에 자신감이 생겼던 게 사실이고, 차제에 그에게 선보였던 시들을 중심으로 한데 모아 작은 시선집이라도 내야겠다는 생각을 불현듯 했다.

2. 작곡되기를 희망하며 시선집을 펴내다

2022년 1월 말까지 정덕기 작곡가께 보여드렸던 나의 시 50여 편을 다시 읽고 또 읽으며, 생각해 보았다. 이들이 내가 말하는 '정품(精品)' 시(詩)인가? 이들 시에 '정장(正裝)' 가곡(歌曲)의 옷을 입힌다면 시도 살고 노래도 살 수 있을까? 내가 생각하는 가곡의 문제가 극복되어 나의 꿈이 실현될까? 나는 고개를 가로저으면서도 나의 시들을 다시금 읽어나갔다. 작곡되든 안되든 그것은 둘째 문제이고, 나는 시를 짓는 사람으로서 시 한 편 한 편의 의미와 가치를 생각하지 않을 수 없었고, 그것을 결정짓는 작품의 주제와 그것의 심미성, 그리고 정서의 객관성 정도와 상상의 여지 곧, 독자(讀者)로 하여금 공감하고 상상하게 하는 힘 등 여러 요소를 고려하면서 작은 시선집을 먼저 펴내야겠다는 생각을 굳혔다. 좋은 시에 적합한 곡이 입혀지면 '노래'라고 하는, 쉽게 공감하고 폭넓게 파급되는 시너지 효과가 생기지 않을까 하는 기대가 없지 않기 때문이다.

이 시선집 속에 실린 작품은 모두 50편이다. 나의 시 세계를 압축해서 보여주는 표본으로서는 턱없이 부족하다고 생각하나 무엇보다 노래로 불리기를 희망하는 작품으로 선택된 것이기에 결코, 적지 않은 양이라고 생각한다. 시와 노랫말은 엄연히 다른 면이 많기 때문이다. 그 50편 가운데 16편은 신작(新作)이고, 8

편은 개작(改作)이며, 26편이 선작(選作)이다.

　개작된 것들은 곡이 붙여짐을 가정하여 행(行)과 연(聯)구분을 정확하게 하려 했고, 그 안에서 음수(音數)·음보율(音步律)을 의식했다. 그래서 가능한 한 소리 내어 읽을 때 숨 쉬는 자리와 쉬어 가는 자리가 자연스럽게 결정되도록 했다. 그러기 위해서 생략해도 의미가 통하는 선에서 불필요한 조사(助詞)나 중복된 수식어(修飾語) 곧 형용사나 부사 관형사 등을 생략했다. 그러다 보니, 강조하기 위한 반복법이 적잖이 활용되었고, 어순(語順)도 소리 내어 읽기에 쉽도록, 다시 말해 리듬을 위해서 필요하다면 바꾸었다. 물론, 이들보다 중요한 것은, 매 편에서 궁극적으로 말하고자 한 바 작품의 주제가 양각(陽刻)되든 음각(陰刻)되든 선명하게 드러나야 하고, 그를 위해서 전체적인 짜임새 곧 작품의 구조가 또한 단순해야 한다는 점 등을 크게 의식했다.

　주제가 선명하게 드러난다는 것은, 시적 화자가 궁극적으로 말하고자 함이 노래를 들으면서 바로 인지되어야 한다는 점이고, 동시에 작품의 분위기가 그 주제를 정점으로 사방에서 모여드는 것과 같은 집중력이 발현되어야 한다는 점이다. 이때, 그 분위기는 문장들에서 사용된 수사(修辭)와 문장과 문장 사이의 관계(關係)로써 조성된다.

그리고 작품의 구조가 단순하다는 것은, 한 편의 시에 한 가지 주제이어야 한다는 점이고, 동시에 그 주제를 통해서 상상할 수 있는 여지를 제공해주는 비유적 수사(修辭)가 복잡하지 않아야 할 뿐 아니라 누구나가 공감하는 객관성이 담보되어야 한다는 점이다. 마치, 한 그루의 나무를 볼 때, 우듬지에서 뿌리까지 하나의 원줄기를 먼저 분별하고, 그다음에 그 줄기로부터 뻗은 가지와 잎들을 살펴야 하는데 그 원줄기가 빈약하고 가지와 잎이 지나치게 무성하다면 비정상적인 나무가 되는 것처럼 작품의 주제에 해당하는 원줄기가 먼저 지각되고, 그 주제를 감싸서 분위기까지 전달해주는, 그 가지와 잎들이 지각되어야 할 것이다. 그러려면, 주어와 술어 판단을 쉽게 할 수 있어야 하고, 그를 위해서 수식어 남용이 없어야 한다. 여기에 한 가지를 더 보탠다면 '적확한' 시어(詩語) 선택이다. 시어 선택 문제는 시인의 어휘력 문제이고, 그것은 결국 문장 짓는 솜씨로 귀결된다. 사실, 이런 문제들을 완벽하게 해소, 실천하기란 여간 어려운 게 아니다.

그리고 신작(新作)은, 처음부터 노랫말을 염두에 두고 창작한 것은 아니지만 소리 내어 읽기에 자연스러운 리듬을 타도록 처음부터 신경은 썼다. 그리고 작품 주제의 깊이를 의식했으며, 그것을 드러내는 방식으로 양각(陽刻)보다는 상상의 여지를 적극적으로 주기 위해서 음각(陰刻)을 즐겨 썼다. 작품의 주제가 '이것이다'라고 겉으로 드러내 놓지 않고, 미루어 짐작할 수 있도록 했다는 뜻이다. 물론, 이 과정에서 주제의 함의가 깊어지도록 비유적 수사를 동원하되 군더더기를 배제하는 일이 중요한데 이 역시 쉽지만은 않았다. 이런 점에 신경을 썼다는 것이 기존의 시들과는 조금 달라진 면이라고 할 수 있을 것 같다. 그 대표적인 작품이 「산행일기」라고 할 수 있다.

그렇다고, 이 시집 속에 실린 작품들이 언급한 모든 조건을 충족시키는, 온전한 작품이라고 말할 수는 없다. 이에 대해서는 이 시집을 읽는 독자와 곡을 짓는 작곡가가 먼저 느끼리라 믿는다. 따라서 이 시선집은 개성이 강한 시와 어느 정도 보편성을 담보해야 하는 노랫말 사이에서, 다시 말해, 시의 주관성과 노랫말의 객관성 사이에서 나름 절충안을 선보였다는 점에 그 의미를 찾을 수 있다.

독자는 소리 내어 읽어주기를 바라며, 작곡가는 작품의 주제와 그것에 이끌리는 정서적 분위기와 시상 전개를 음(音)의 고저장단(高低長短)·완급(緩急)·청탁(淸濁) 등으로써 열리는 소리의 길을 연계(連繫)하면서 음미하면 좋겠다는 생각이 든다.

-2022. 02. 07.

이 시 환

차례

제2부

차례

제3부

제4부

제
1
부

진도기행

간밤에 나는
붉은 동백 피어나듯
홍주에 취했고,

간밤에 너는
백동백이 지듯이
소리 없이 울었네.

이른 아침 폭풍 속에서
다람쥐처럼 동석산에 올라
바싹 엎드린 키 작은 소나무 부둥켜안고
한 소식 눈물로써 얻었다네.

목이 쉬어 칼칼한
진도 땅의 숨결 아니고선
이 바다에 크고 작은
섬들도 없었을 게다.

눈물 소고(小考)

죽은 코끼리 앞에서
가던 걸음 멈추고 눈물 흘리는
우두머리 코끼리 보았네.

말할 수 없고 미동조차 없는
죽어가는 사람 두 눈에서 소리 없이
흘러내리는 눈물 보았네.

아, 눈물, 눈물이여,
마지막 순간까지 간직하고픈 진실이던가.
이 내 몸 이 내 마음속 구슬이던가

분노와 슬픔을 삭이고
기쁨과 괴로움 다 녹여내어
나를 다시 태어나게 하는 생명의 보석이여,

감추고 싶을 때 감출 수 있다면
흘리고 싶다 해서 흘릴 수 있다면

그 눈물 눈물이 아니겠지요.

-2021. 12. 22.

오늘 저녁 나의 식사

오늘 저녁 나의 식사는
하얀 밥 몇 술 끓여
하얀 물김치 몇 조각으로만 먹고 싶다.

그동안 지나칠 정도로
별의별 음식 맛 즐기며 많이도 먹은
속인의 욕구를 반성하는 뜻에서이다.

오늘 저녁 나의 식사는
하얀 밥 몇 술 끓여
하얀 물김치 몇 조각으로만 먹고 싶다.

세상에서 가장 조촐하고
내생에 가장 적은 양으로
배불리 먹고 싶다.

-2021. 12. 20.

갈림길에서

나에게
묻지 말아요.

그리움은
당신 뒤에 있고

꿈은
당신 앞에 있어요.

앞으로 가든
뒤로 가시든

당신에게
물어봐요.

가다 보면
가시다 보면

꼭 앞에 있는 것도
꼭 뒤에 있는 것도 아니어요

길이 말해요
그 길이 말해요.

-2021. 12. 15.

---

*정덕기 작곡 2022. 01. 11.

난 한 촉이 솟는다

시끄러운 세상 속 버려진 화분에서
뾰족한 창처럼 난(蘭) 한 촉이 솟는다.

번잡한 세상 뒤로하고 아침 햇살 받으며
웅장한 성채처럼 솟아오른다.

천하의 어둠 찢으며 뻗어가는 한 줄기 빛!
두꺼운 껍질 뚫고 나오는 저 거룩한 생명!

세상 그 좁은 틈에서 한 말씀이 솟는다.
세상 그 귀퉁이에서 소망이 꽃 핀다.

−2021. 12. 23.

커피 중독

잠자는 오감을 흔들어 깨우고
게으른 이 몸에 채찍을 가하는
수중궁궐의 검은 마왕이여,

온몸을 휘감는 네 유혹의 손길로
심장은 두근두근 머릿속은 초롱초롱
밤새도록 천하의 광야를 누비네.

어제는 그렇게 여우비 뿌리더니
오늘은 이렇게 눈보라 치는구나!
이래저래 난 네 덫에 갇힌 포로(捕虜)인가.

-2021. 12. 23.

팥죽을 끓이며

어머니,
엊그제가 동지였습니다만
어머니가 끓여 주시던 동지 팥죽 생각나
오늘은 제가 다 팥죽, 팥죽을 끓입니다.
지금껏 단 한 번도 직접 끓여본 적 없지만
어릴 적 어깨너머로 보았던 기억을 더듬어
팥을 물에 불리고 푹 삶아 으깨어
어머니처럼 체에 받치지는 않습니다만
팥죽이란 것을 끓입니다.
찹쌀가루를 반죽하여 새알심을 만들고
약간의 소금과 설탕 간으로
동지 팥죽이란 것을 쑵니다.
당신의 손자는 달콤하게,
손자며느리는 심심하게 끓여 달라고
벌써 주문까지 했습니다그려.
어쨌거나, 이 팥죽 다 끓고 나면
만삭에 가까워지는 며느리와 아들 불러
한자리에 모여 먹을 것입니다.

함박눈이 펄펄 내리는 날
어머니가 끓여 주시던
그 동지 팥죽 떠올리며
어머니의 빈 자리를 추억하렵니다.

−2021. 12. 25.

기억에서 사라지는 어휘들

오늘 아침 만둣국을 끓여 먹는데
무엇하고 먹을까 생각하다가
냉장고에서 선택한 이것
돌연, 그 이름이 떠오르지 않는다.
잘 알고 지냈던 친구 이름 생각나지 않아
먼저 부르지 못하는 것처럼
그 순간, 웃고 말았지만
이내 심각해진다.

내 뇌 기능이 벌써 이렇게 됐나?
늦잠에서 일어난 집사람에게 설명했더니
싱겁게 '두릅?' 한다.
그때서야 돌아온 그 이름 '두릅!'
두릅나무의 어린 새순을 간장 식초에 담가
한겨울에도 깔끔한 맛으로 즐기는
그 두릅 앞에서
많이 변해버린 자신을 대면하면서
나는 늙어감의 의미를 곱씹는다.

−2021. 12. 28.

설봉(雪峰) 앞에 서서

은박지 구겨놓은 듯 눈부신 설봉이여,
근접할 수 없는 성채(城砦) 장엄하도다.

내 주군(主君)의 묵언(默言)인가?
세상 모든 말씀의 씨앗 되고,

그곳에서 흘러내리는 저 강물 이 바람
세상 만물의 뿌릴 적시는가.

높고 푸른 하늘 아래 쏟아지는 햇살
선글라스를 끼고도 허둥지둥 선글라스를 찾는

나는 이방인, 나는 이방인.
은박지 구겨놓은 듯 눈부신 설봉의 묵언 엿듣네.

서울 찬가

태양이 햇빛으로
만물을 차별하지 않듯이

하늘이 내리는 빗물로써
산천초목 차별하지 않네

홍익인간(弘益人間) 큰 뜻 품고
유유히 흐르는 한강

재세이화(在世理化) 깊은 뜻 새겨
높이 솟은 백운봉

유구한 역사 숨결 살아있고
인류 미래(의) 꿈 잉태되는 곳

문명이 자연과 어깨동무하고
자연과 사람이 더욱 가까워지는

지구촌 세계문화의 메카 서울
모두가 함께 일구어가는 희망도시

서울이여, 영원하라
서울이여, 찬란하라

종이학의 꿈

그리운 네게로 날아가고픈 마음 간절하지만
날아갈 수 없는 나는 서러운 종이학

하루하루 너의 마음 나의 꿈 깃들어
때를 기다리는 천 마리 종이학

유리병에 박제된 침묵(과)
결박된 시간 풀리는 날

징검다리 건너듯이 조심조심 봄,
봄이 한 걸음 한 걸음 다가오네

얼어붙었던 대지가 풀리고
얼음장 밑으로 계곡물 흐르듯이

그리운 네게로 날아가,
보고픈 네게로 내려앉아

아름드리 벚꽃처럼 피었다가
높푸른 하늘 아래 반짝거리는

눈발처럼 나비 떼처럼
흩날리듯 날고 싶어라.

마니산

어느 날 갑자기 옷소매 잡아끌던
마니, 마니, 마니산이여,

참성단에 올라서서 너른 바다 너른 땅 굽어보고
높은 하늘 우러러보는 마니산이여,

내 마음 한량없이 기쁘고
이 몸이야 다시 태어나는 듯 가벼워지는

우리의 머리, 우리의 마니산이여,
신비롭고 영험한, 배달민족 성산이어라.

마니, 마니, 마니산,
강화, 마니, 마니산이여,

기다림

보고 싶어 그리운 사람아,
그리워 보고 싶은 사람아,

언제 오시려는가?
언제나 오시려는가?

기다리다 지쳐서
이 마음 다 타들어 간다.

기다리다 지쳐서
이 내 심지 타들어 간다.

보고 싶어 미운 사람아,
미워서 그리운 사람아,

언제 오시려는가?
언제나 오시려는가?

오시려거든 오셨어도
흩날리는 눈송이처럼

오시려거든 오셨어도
꽃비 되어 날리는 벚꽃처럼

아니 온 듯 가시옵소서.
아니 온 듯 가시옵소서.

-2022. 01. 12.

바위틈에 뿌리내린 소나무

바위틈에 뿌리내린 소나무여,
이 혹독한 칼바람 견딜 만한가?
조금만 조금만 더 견디어내면
포근한 눈 내려 감싸줄 거야.

바위틈에 뿌리내린 소나무여,
이 지독한 폭염(暴炎) 견딜 만한가?
조금만 더 견디어 견디어내면
장대비 쏟아져 네 갈증 풀어줄 거야.

네게 닥치는 시련
너를 더욱 단단하게 하고,
네게 닥치는 고통
너를 더욱 푸르게 하는구나.

사시사철 푸른 너를 보며
나는 많이 위로 위롤 받고,
사시사철 옹골찬 너를 보며

나는 많은 힘 힘을 얻는구나!

바위틈의 소나무여, 소나무여,
힘을 내라 힘을 내시라.
내가 너를 응원한다. 응원한다.
바위틈에 뿌리내린 소나무여,

그리움

바다가 그립고 그리워
바닷가 언덕 위에 외딴집 짓고,

바다가 그립고 그리워서
아침저녁으로 바라보았네.

두 눈을 지그시 감으면
점점 가까이 다가오다가,

두 눈을 지그시 감으면
점점 멀어져가곤 했지요.

밤새도록 밀려왔다 밀려가는
바다의 거친 파도 끌어안고 뒤척이는

나의 길고 긴 하루하루도
점점 푸른 바다 닮아갔다네.

-2022. 02. 01.

어느 해 가을을 보내며

올가을엔 그 흔한 단풍 구경조차
못하고 지나가나요?

단풍이라면 걱정하지 말아요.
가까운 내 가슴 속에도 있어요.

난 노적봉 단풍이 보고 싶고
오대산 금강사 은행잎이 좋아요.

그런 소리 말아요.
그 단풍 그 은행잎 이내 지고 말아요.
내 은행잎 내 단풍 쉬이 지지 않아요.
언제나 당신을 기다립니다.

그런 단풍(이) 어디 있어요?
있으면 내놔보세요. 거짓말 말아요.

그래요. 여기 있어요. 내 손을 꼬옥 잡아보세요.

그 은행잎 보여요. 그 단풍잎 붉어요.

신기해요. 놀랍군요.
당신의 뛰는 심장에(도) 곱디고운 단풍 있고
두근거리는 내 가슴에(도) 은행잎 쌓이네요.

제2부

산이 그리운 까닭

백운대에 올라서면
자운봉이 그립고

자운봉에 올라서면
백운봉이 신비해지네

저기, 저기 저곳은
내가 범접할 수 없는

딴 세상 같아
딴 세상만 같아

도봉산에 들면
북한산이 신비해지고

북한산에 들면
도봉산이 그리워지네

아무렴, 돌 하나를
빼어내도 무너져 내리고

아무렴, 돌 하나를
더 쌓아도 무너져 내리는

그곳에 산, 산이 있고
내 마음도 머무네.

산철쭉 연가

산비탈 외진 곳에서
우연히 만난 연분홍 산철쭉
저 홀로 만개한 모습 황홀하구나.
비록, 빼어난 미모는 아니다만
살결 뽀얗고 말쑥한 얼굴에 그 눈빛이
이른 아침부터 내 마음 다 흔들어 놓는
산중의 누님 같은 꽃이여,
오늘은 어디쯤에서
살포시 분단장하고 기다리려나.
두근거리는 가슴으로
첨벙첨벙 물 위를 걷듯
나는 맨발로 산길을 오르네.

−2020. 04. 25.

이심전심

꽃잎이 너무 붉어
내가 슬픈 것이냐?

내 슬픔에 잠겨서
네가 더욱 붉은 것이냐?

일편단심 그 간절함 알겠다만
내가 슬퍼지는 까닭은 무엇인가?

네 불길처럼 내가 살지 못했음일까?
나를 빼닮은 너를 이곳 이역만리(에서) 대면함일까?

꽃잎이 너무 붉어
나는 지금 슬프다.

-2021. 12. 17.

단풍

간밤에 차가운 비 내리고
아침 햇살에 반짝거리는 단풍잎

어느 임의 몸살이
저리도 붉단 말인가.

어느 임의 홍역이
이리도 뜨겁단 말인가.

한바탕 고비 넘기는
내 몸 안의 그리움

그 출렁거림이여,
그 넘실거림이여,

그저 바라보기에도
쏟아질까 위태롭구나.

바람의 언덕을 오르며

바람의 언덕 위로 올라가
바람 속에 눕고 싶어라.

그리하여 나 나도
보이지 않는 바람 되어

세상 한 바퀴 돌아 나오면서
어루만지는 것들마다

나직한 풍경 소리에 눈을 뜨는
부드러운 연초록 솔잎 될까.

겨울 산 벼랑 위에서
산양이 내뿜는 뜨거운 입김 될까.

바람의 언덕 위로 올라가
바람 속에 눕고 싶어라.

파안(破顔)

나는 처음 보았네.
목련꽃처럼 활짝 웃던 그 사내 얼굴을.

나도 처음 보았네.
벚꽃처럼 깔깔 웃던 그 여인의 얼굴을.

나도 보고 너도 보고
너도나도 처음 보았네.

벚꽃처럼 목련처럼 흐드러진
웃음꽃 속에 저들이 맞잡은 손과 손을.

벚꽃같이 목련같이 자지러지는
함박웃음 속에 저들이 꼭 잡은 손과 손을.

금낭화

사람, 사람이 붐빌수록
더 그리워지는 임께서
이 깊은 산골까지 오신다 하매
어두운 골목골목
등불 밝혀 놓았습니다.

인간 세상사 시끄러울수록
더욱 간절해지는 임께서
이 외진 오지까지 오신다 하매
험한 산길 굽이굽이
등불 밝혀 놓았습니다.

부디, 미끄러운 개울 건너실 땐
엎드린 제 등을 밟으시고,
부디, 숨찬 고갯길 넘으실 땐
너른 제 등에 업히옵소서.
살가운 바람에 풍경 소리처럼 업히옵소서.

−2022. 01. 10. 수정함.

아마조니아 추억

애처로운 원숭이 한 마릴
젖먹이처럼 가슴에 안은
저 어린 소녀의 검은 눈동자.

발가벗은 소녀 가녀린 목을
엄마인 양 꼭 껴안은
저 어린 원숭이 동그란 눈빛.

당장이라도 두 눈에 눈물이 맺혀
굴러떨어질 것만 같아서
더는 오래 바라보지 못하네.

잠잠한 이곳에 몰아칠
광풍 예감했음일까? 잠재웠음일까?
더욱 고요한 아마조니아 진주여,

너를 바라보는 내 눈에 눈물 어리어
더는 마주 보지 못해서

더욱 슬픈 아마조니아 보석이여,

나는 너를 잊을 수 없네.
나는 너를 잊을 수 없네.

−2022. 01. 13. 수정함.

제
3
부

도자전(陶瓷展)에서의 개안(開眼)

누가 엄동설한 머리에 이고 만개한 꽃가지 꺾어
여기 작은 화병에 꽂아놓았는가.

누가 감히 하늘 연못 천지를 고스란히 담아
여기 작은 접시 위에 올려놓았는가.

누가 누가 감히 봄바람의 가느다란 올을 풀어
이곳 빗살무늬 물결 속으로 펼쳐놓았는가.

시인은 아직도 늦잠에서 깨어나질 못하는데
고봉(高峰) 선생의 부지런한 다섯 제자(는)

눈먼 진흙으로써
한 편의 반듯한 시를 빚어놓고

열 손가락 끝 불길로써
저마다 제 마음 가는 길(을) 새겨놓았네.

하산기(下山記)·2

어쩌다,
내 무릎뼈(를) 쭉 펴면
밤새 흐르던 작은 냇물 소리 들린다.

더러,
동자승의 머리꼭지를 찍고
돌아가는 바람의 뒷모습도 보인다.

꼭두새벽마다 울리는
법당의 종소리(도) 차곡차곡 쌓이고

눈 깜짝할 사이에
지상의 꽃들이 피었다 진다.

노목(老木)에 만개한 꽃들을 바라보며

말하지 마라.
울지도 마라.
말하지 않아도 나는 안다.
비록, 굽고, 휘어지고, 뒤틀렸다만
더욱 단단해진 몸으로
황홀하게도 꽃을 피웠구나.

그동안 살아오면서
갈증에 목이 얼마나 타들어 갔는지,
강풍에 얼마나 시달리고 꺼둘렸는지,
엄동설한에 얼마나 떨며 얼어붙었는지(를)
내가 알고 네가 아나니
말하지 마라.
울지도 마라.

세상의 온갖 풍파를
온몸으로 견뎌내고 이겨낸
너의 깊은 눈빛 같은 꽃들을 바라보면서

말을 해도 내가 하고
울어도 내가 대신 울리라.

출렁다리를 걸으며

그리 멀리 있는 것도 아니건만
내가 네게로 갈 수 없고
네가 내게로 올 수 없으니
우리 사이엔 섬과 섬을 잇는
출렁다리라도 하나 놓았으면 좋겠네.

네 그리움이
지독한 홍주처럼 무르익고
내 외로움이
벼랑에 바짝 엎드린 소나무처럼 사무쳐서

내가 네게로 갈 때마다
내 가슴 두근, 두근거리듯이
네가 내게로 올 때마다
그 마음 출렁, 출렁거렸으면 좋겠네.

벌판에 서서

바람이 분다.

얼어붙은 밤하늘에 별들을 쏟아놓으며
바람이 분다.
더러, 언 땅에 뿌리내린
크고 작은 생명의 꽃들을 쓸어 가면서도
바람이 분다.

그리 바람이 부는 동안은
저 단단한 돌도 부드러운 흙이 되고,
그리 바람이 부는 동안은
돌에서도 온갖 꽃들이 피었다 진다.
바람이 분다.

내 가슴 속 깊은 하늘에도
별들이 총총 박혀 있고,
내 가슴 속 황량한 벌판에도
줄지은 풀꽃들이 눈물을 달고 있다.

바람이 분다.

황매산 철쭉

이 능선 저 비탈
불길 번져버렸네요.

걷잡을 수 없이
돌이킬 수 없이

꽃 불길
확 번져버렸네요.

우두커니 서서 바라보던
내게도 옮겨붙은 듯

화끈화끈 얼굴 달아오르고
두근두근 심장 마구 뛰네요.

고백

가시나무, 가시나무,
나는 가시나무.

비 한 방울 들지 않는 사막 가운데
홀로 사는 가시나무.

가시나무, 가시나무,
나는 가시나무,

나귀 한 마리 쉬어갈 수 있는
한 조각 그늘조차 들지 않고

작은 새들조차 지쳐
깃들기도 어려운 가시나무.

가시나무, 가시나무,
나는 가시나무.

마침내 갈증의 불길 속으로
던져지는 가시나무

가시나무, 가시나무,
나는 가시나무.

———————————

* 신(神)을 흠모하며 살았다지만 인간으로서의 허물이 너무 많은 자신의 존재 의미를
'가시나무'로 표현하여 고백한 내용임.

몽산포 밤바다

올망졸망,
높고 낮은 파도 밀려와

(내) 발부리 앞으로
어둠 부려놓고 간다.

(그) 살가운 어둠 쌓이고 쌓일수록
가려린 초승달 더욱 가까워지고

나를 꼬옥 뒤에서 껴안던
소나무 숲, 어느새 잠들어

사나운 꿈을 꾸는지
진저릴 친다. (몽산포 밤바다!)

산행일기

첩첩산중 이곳에
어느 임이 오시려나

양탄자 가지런히 깔아놓고
골골에 실바람 풀어 놓아
울긋불긋 꽃비(를) 뿌렸구려

첩첩산중 이곳에
어느 임이 오시려나

하늘에 흰 구름 띄워 놓고
골골에 햇살을 풀어 놓아
녹음방초 짙게 물들였네

진달래꽃

1.

긴긴 겨울을 나고서야 너는 더욱 붉어라.
그늘진 산비탈 어디런들 서지 못하랴.
오로지 봄을 기다리는 (저) 간절함으로
우리 메마른 가슴에 먼저 피어나는 희망 진달래여,
뒤돌아보면, 내 옷소매를 잡아끄는 너의 미소
연분홍빛 환희의 눈물이어라.

2.

매서운 눈보라 몰아칠수록 너는 더욱 뜨거워라.
풍-진 세상 어디런들 함께 가지 못하랴.
한사코 봄을 기다리는 반도 땅의 숨결로
우리 마음속 심심산천에
불길처럼 피어나는 사랑 진달래여,
뒤돌아보면, 내 발길 붙잡는 너의 눈물

기쁨의 수줍은 미소이어라.

돌

- 작은 모래알 속에 광활한 사막이 있다.
  그렇듯, 광활한 사막은 하나의 모래알에 지나지 않는다.

아직도 내 가슴이
두근거리는 것은

수수만년
모래언덕의 불꽃을 빚는

바람의 피가
돌기 때문일까.

아직도 내 눈물이
마르지 않는 것은

수수억년
작은 돌멩이 하나의 눈빛을 빚는

바람의 피가
돌기 때문일까.

계곡의 물 흐르는 소리 들으며

그대여, 멈추지 말고
이대로 흘러 흘러서 가시라.

가다 보면 부딪히고 넘어지고 깨어져서
천길 벼랑으로 떨어지겠지만

그래도 다시 하나가 되어 가시라.
한 몸이 되어 도도히 흘러가시라.

그대가 멈추면
내 숨결 끊어지고

내 숨결 끊어지면
그대 심장 멎는다.

그대여, 내 거친 숨결 올라타고서
미끄러지듯 흘러 흘러서 가시라.

—2020. 06. 01.

靜默治道 (정묵치도)

쓸쓸하기 그지없는
외진 바닷가 횟집 안에 내걸린
초라한 목판조각에 새겨진
네 글자, 靜默治道 (정묵치도)가 어른어른
등 굽은 노인양반처럼 지팡이를 짚고서
내게로 다가오네.

아침나절에 배를 타고 나가
낚시로 잡은 물고기만을 저녁에 판다는
주인 내외가 차려준 한 상을 받고 보니
내게는 분명, 분에 넘치고 넘치나
깊은 바다의 싱싱함이 물씬
입안 가득 넘실거리네.

그 맛에 홀리고
그 인심에 반하고
그 우스갯소리에 시간 가는 줄 모른 채
그놈의 '한 잔만 더'에 취해서

그 집을 나와 갯바람을 쐬는데
내 둥둥거리는 발걸음마다
얕은 바닷물이 철썩, 철썩거리네.

깊은 바닷속 풍파를 다 짓눌러 놓고
아니, 아니, 세상 시끄러움을 깔고 앉아서
두 눈을 지그시 내리감고 있는,
靜默治道 난해한 네 글자가 제각각
한 폭의 그림 속 백발의 늙은이 되어
비틀비틀 내게로 다가오네.

-2018. 08. 14.

청명(淸明)

비 온 뒤 맑게 갠 하늘
가슴 가득 담아 보시라.
발걸음 한결 가벼워지고,
세상은 더욱 눈부시네.

비 온 뒤 촉촉이 젖은 대지
맨발 맨발로 걸어 보시라.
그 감촉 그 부드러움
숨 쉬는 생명의 불꽃(이) 되네.

그 산들 산들바람(은)
살아있음에 기쁨 더해주고
하늘은 말없이 늘 스스로 깊어가며,
대지는 말없이 늘 스스로 두터워지네.

비 온 뒤 맑게 갠 하늘
가슴 가득 담아 보시라.
비 온 뒤 촉촉이 젖은 대지
맨발 맨발로 걸어 보시라.

뚝섬

1.

어느 날 불현듯 (네가) 그리워지면
하던 일 멈추고 단숨에 달려가는 곳
뚝섬, 그곳에 서면 그곳에 서면
나보다 꼭 한 걸음씩 앞서가며
형형색색 풀꽃들을 흔들어 깨워놓는
실바람 불고 실바람이 불고
그곳, 그곳에 서면 모든 게 신비로워라.
하늘과 땅이 속삭이는 소리 들리고
그곳, 그곳에 서면 모두가 아름다워라.
손을 꼭 잡고 함께 걷는 이들의
따뜻한 마음 흐르고, 길이 열리는 뚝섬.

2.

어느 날 불쑥 (네가) 보고파지면
하던 일 멈추고 단숨에 달려가는 곳
뚝섬, 그곳에 서면 그곳에 서면
나보다 꼭 한 걸음씩 먼저 가며
금빛 은빛 물결 비단처럼 깔아놓는
아침저녁 햇살의 섬세한 손길 있네.
그곳, 그곳에 서면 모든 게 신비로워라.
하늘과 땅이 속삭이는 소리 들리고
그곳, 그곳에 서면 모두가 아름다워라.
손을 꼭 잡고 함께 걷는 이들의 달콤한
사랑 흐르고, 길이 열리는 뚝섬.

동해와 서해

누구, 누구는 휘파람 불며
푸르고 푸른 동해로 간다지만
나는, 나는 서해의 저녁으로 가네.
시름을 베고 누워 있는
그대와 눈 마주치기라도 하면
어디선가 서글픔이 밀려오지만
말 없는 그대 우수 속엔
내 생명의 탯줄이 숨어 있네.

누구, 누구는 콧노래를 부르며
살포시 다가와 곁에 앉는 서해로 간다지만
나는, 나는 동해의 아침으로 가네.
긴 다리로 서 있는 그대와 마주 서노라면
그대 젊음이 나를 주눅 들게 하지만
오만한 그대 기백 속엔
젊음이란 싱그러움 넘치고 넘치네.

누구는 동해로,
누구, 누구는 서해로들 간다지만
나는, 나는 동해도 서해도 아닌
누워 있는 바다의 우수가 아니면
서 있는 바다의 젊음에게로 가네.
서 있는 바다의 아침이 아니면
누워 있는 바다의 저녁에게로 가네.

산행(山行)

구슬땀 흘리면서 정상에 올라서니
겹겹이 펼쳐지는 산 너머 또 산이네
지나온 길 험했다만 갈 길 또한 아득타

산길을 걸으면서 깨우치는 세상살이
아득한 천릿길도 한걸음에 시작되듯
뚜벅뚜벅 걷다 보면 정상이 발아래 있네.

남북화합을 염원하며

우리 서로 다른 곳 바라보며
다른 꿈(을) 꾸지 말아요.

우리 서로 멀어지고
멀어지면 낯도 설어져요.

남과 북은 처음부터 하나
북과 남은 끝, 끝까지 하나

슬플 때도 함께 울고
기쁠 때도 함께 웃는

너와 내가 아사달의 주인이고
너와 내가 신단수의 백성이라.

각시붓꽃

화사한 치마를 입고
산책 나온 젊은 아씨

따뜻한 봄 햇살 속에서
그 걸음걸이가 가볍다.

이따금 산들바람 부니
연못의 물고기도 춤을 추고

저 노목(老木), 이 가지 끝에도
연초록 새잎들이 돋아난다.

-2021. 04. 28.

시인의 자화상

1.
지금껏 살면서 시를 쓴답시고
호들갑 많이 떨었네.

세상 한 바퀴 돌아와 보니
하루하루 살아가는 삶이 통째로 시인 것을
그 목숨이 바로 절절한 시인 것을.

평생을 살면서 시를 쓴답시고
호들갑 많이 떨었네.

바람 많은 산비탈에서 구구절절 피어난
구절초 꽃들이 늙은 나를 일깨워주네.

2.
지금껏 세상 속 속에 살면서
나는 늘 세상 밖을 꿈꾸었네.

한때는 의욕이 넘쳐
물 밖으로 뛰쳐나온 물고기처럼 파닥거렸지만
나의 몸부림은 말이 되지 못한 채
소리 없는 메아리 되고 말았네.

바람 많고 험한 산비탈에서 구구절절 피어난
구절초 꽃들이 어린 나를 일깨워주네.

눈을 감아요

지그시 눈을 감아 보아요.
대지 위로 바람의 고삐 풀어 놓아
온갖 생명의 뿌리 어루만지고 가는,
바쁜 손이 보여요.

한 번 더 눈을 감아 보아요.
대지 위로 바람의 고삐 풀어 놓아
온갖 생명의 꽃을 거두어 가는,
분주한 손의 손이 보여요.

그렇게 귀를 닫아 보아요.
대지 위로 뿌리내린,
서 있는 것들의 크고 작은 숨결
느껴지고 들려와요.

그렇게 귀를 한 번 더 닫아 보아요
이 대지, 저 하늘에서 넘쳐흐르는
바람의 심장 소리 들려요.
바람의 고삐 풀어 놓는 손과 손이 보여요.

비가 내리네

고단한 잠자리로 내리는 봄비
도타운 대지를 촉촉이 적시고,

쌓인 낙엽 위로 내리는 가을비
울긋불긋 물든 내 마음 적시네.

어제는 싹 틔우고 꽃잎 피우더니
오늘은 가야 할 먼 길 재촉하네.

봄비는 도타운 대지를 적시고,
가을비 무거운 내 마음 적시네.

귀향(歸鄕)

나는 떠가네.
나는 떠가네.
저 푸른 하늘에 흰 구름처럼 누워.

나는 떠가네.
나는 떠가네.
이 맑은 강물에 풀잎처럼 누워.

평생을 산다고 살았어도
그저 어린아이 재롱이었을 뿐
당신의 품으로 돌아가네.

저 하늘에 구름처럼
이 강물에 풀잎처럼
그리움만 가득 싣고 돌아가네.

처녀치마꽃

누군가가 불쑥 내 옷자락을 잡아끌어서 돌아보니, 후끈 뜨거운 바람이 먼저 안긴다. 그게 바로 너였구나. 낯선 네가 막 핏덩이를 쏟아놓았구나. 사방의 습하고 어두운 냉기를 끌어모아 크지 않은 몸 안에 가두어 놓고서 엄동설한 견디어내더니 비로소 각혈하듯 내뿜어 버렸구나. 똘똘 뭉쳐지고 다져진, 천지의 기운을 마침내 풀어냈구나. 정녕, 봄이 되었기에 꽃을 피운 게 아니라 꽃을 피워서 봄의 방석을 펼쳤구나. 어둡고 칙칙한 세상 한구석을 이리도 밝고 뜨겁게 녹여내는구나. 그런 너를 만나고서야 나는 무거운 외투를 벗어 던질 수 있었다.

−2021. 04. 28.

---

*2021년 04월 04일 국립공원 북한산 대성문에서 대성암으로 내려가는 길에 있는, 작은 물길을 건너기 직전에 춥고 어둡고 습한 곳에 무리 지어 피어있는 처녀치마꽃을 처음 본 순간의 인상을 잊을 수 없어 습작하였다.

물의 집에 누워

깊은 산 깊은 계곡에 물방울로 오두막 짓고, 여장을 풀어 고단한 이 몸 누웠네. 소금에 절인 전어 두 마리와 새우 네 마리를 구워 먹고 초저녁부터 곤한 잠에 떨어졌지. 얼마나 잤을까? 때아닌 빗소리에 놀라 일어나 방문 열어 밖을 보니 휘영청 밝은 달에, 바람결에 흔들리는 나무 그림자 위로 계곡의 물 흐르는 소리 요란하네. 아, 내가 또 속았구나. 날이 새려면 한참을 더 자야기에 잠자리에 도로 누워 눈 감았으나 나의 오두막은 흐르는 물살에 종이배처럼 기우뚱기우뚱 떠내려가면서 삐거덕거리더니 이내 무너져내리며 부서지고 마네. 텅 빈 그 자리에 나는 없고, 나의 눈빛만 낙엽처럼 가볍게 가볍게 떠내려가네.

-2020. 09. 20.

우는 사람을 위하여

①

길 가는 사람들을 붙잡고 물어보라
누군들 구구절절 사연이 없겠는가
그들의 머릿속으로 들어가 보면 다 그래

②

누구는 소설책이 서너 권 되지마는
누구는 대여섯도 부족해 한 질이나
말들을 안 해 그렇지 울고 웃는 인생사

③

이것은 볶아내고 저것은 지져내듯
지지고 볶아서 한 상(을) 차리는 게
우리네 인생살이지 않은가요? 그대여

④

울지마 울지마소 그대가 울어싸면
나도야 슬퍼지고 세상이 미워지네

진정코 희로애락도 지나가는 구름여

제
4
부

시에서 상상력이란 무엇인가? __ 이시환

대담(對談) __ 정덕기 & 이시환

시에서 상상력이란 무엇인가?

이시환(시인/문학평론가)

우리 가곡 약 600여 곡을 작곡한 정덕기 작곡가는 시를 짓는 시인이 아닌데도 시(노랫말)의 상상력을 대담(對談)에서 강조하였는데 이것이 무엇을 의미하는가? 물론, 시에 상상력이 반영되지 않는다면 작곡가도 상상하는 즐거움을 누릴 수 없고, 동시에 창의적인 아이디어가 요구되지 않는다고 한다. 그러면서 곡을 쓰기 쉬운 정형시(定型詩)보다는 오히려 산문시(散文詩)가 좋다고도 했다. 가곡 중에서도 시에 맞추어 작곡가의 창의력이 짙게 반영되는, 이른바 '창작가곡'을 원하는 것이다. 그래서 그는 '예술가곡'이라고 부르기를 좋아한다.

여기서 '창작가곡'이란, 3~4음보로 된 마디 네 개를 한 개의 절(節)로 딱딱 떨어지도록 쓰여진 정형시로는 작곡가의 창의성이 발휘되기 어렵기에 시인의 상상력이 크게 반영된 새로운 이야기 곧 보통사람들의 일반적인 생각이나 관념을 뛰어넘는, 개성 넘치는 이야기를 해석하면서 그에 맞는 곡을 입혀 나가는 것을 말한다. 그래서 내용과 형식에서도 다채로워진 모습을 보임으로써 가곡의 외연(外延)이 확장되는 결과를 낳기도 한다.

이런 현상은 복잡한 사회 구조 속에서 다양한 양태로 살아가는 현대인의 다양한 욕구(慾求)와 기호(嗜好)에 부응하는 자연스러움이라고 판단할 수 있다. 그러나 시인의 상상력이 크게 반영된 개성적인 시일지라도 그 결과는, 다시 말해, 그것이 한 편의 노래로서 우리 귀에 들리어졌을 때는 작품의 주제가 선명하게 인지되어야 한다. 그러지 않고, 부분적인 시귀(詩句)나 시어(詩語)만 인지된다거나 다 들었어도 무슨 말을 했는지 작품의 주제인 핵심 내용이 인지되지 않는다면 노랫말에 문제가 없지 않다. 함께 느끼고 함께 생각하면서 자연스레 생기는 마음의 움직임 곧 감동이 생길 리 만무하기 때문이다.

그래서 노랫말을 짓는 시인으로서는 최소한 흠결이 없는 정품(正品) 노랫말을 써야 하며, 그 노랫말에 담기는 내용(內容)이나 정서(情緒)에서도, 그리고 이 둘을 담아내는 형식적인 그릇에서도 격(格) 곧 수준이 높은 정품(精品)을 만들어내야 한다는 장인정신(匠人情神)이 있어야 한다.

노랫말로서의 '흠결'이란, 작게는 '문장상의 결함'이요, 크게는 '문맥상의 결함'이다. 문장상의 결함이란 주어가 모호하다거나, 적절하지 못한 어휘가 선택되었거나, 소리 내어서 읽을 때 호흡과 맞아떨어지지 않아 자연스러운 리듬을 타지 못하거나, 정확한 의미 판단을 방해하는 어순(語順)과 수사(修辭) 등을 들 수 있다. 그리고 문맥상의 결함이란 작품의 주제가 인지되지 않는 산만한 내용 전개이다.

바다를 건너왔지

바다에서 바다로 청남빛 갈매속살에 짓이겨지면서
그 푸른 광야를 헤엄쳐 왔지
허연 이빨 앙다문 파도가 아주 내 등에서 살고 있었어
성깔 사나운 바다였다
내 이빨 손톱 발톱을 다 바다에 풀어 주었다
바다를 건너기 위해서는 단단한 것을 버리고
바다와 몸 섞지 않으면 안 된다
유순하게 물을 따르기만 했는데 팔뚝 굵어진 여자
망망대해의 질긴 심줄이 등으로 시퍼렇게 몰렸다
드디어
암벽화처럼 푸른 지도가 내 등 위에 그려지고 말았어
배 등에 세상의 바다가 다 올려져 있더군

몇 만 겹줄을 벗겨내도 꼼짝 않는 바다
바다를 건너와서도 내려지지 않았다
시퍼렇게 시퍼렇게 바다를 걷어내어
지상의 돛으로나 우뚝 세우고 싶은
내 몸에 파고든 저 진초록 문신

신달자 시인의 작품 「등 푸른 여자」 전문이다. 이 시가 작곡되어 가곡으로서 불려졌다는 사실 자체가 흥미롭다. 전체 17행으로 짜인 위 시를 눈으로 읽으며 생각해도 작품의 주제가 쉽게 인지되지 않는다. 적어도 두세 번 이상 천천히 읽으며 사유해야 겨우 시인이 왜, '등 푸른 여자'라고 시제(詩題)를 붙였는지 이해되기 때문이다. 이 '등 푸른 여자'를 이해하려면, 이런 문맥(文脈)의 이해가 전제되어야 한다. 곧, 바다는 거대하고 푸르다. 그 거대하고 푸른 바다를 여자는 헤쳐 왔다. 헤쳐오기 위해서 자신의 '단단한' 것들을 버리고 바닷물과 하나가 되어야만 했다. 그러다 보니 어느새 내 등에 암벽화처럼 푸른 지도가 그려졌고, 그 푸른 지도는 지우고 싶어도 지워지지 않는 문신(文身)이 되었다. 바다는 어족(魚族)이 살아가는 자연의 바다가 아니라 여자의 삶이 펼쳐지는 현장(現場)이다. 따라서 파도는 삶의 고난이요 어려움이고, 진초록 문신은 그 고난을 헤쳐온 삶의 증표인 것이다.

이런 비유적인 표현으로 가득하여 '논리적 상상력'이 작동되어야만 작품의 주제 파악이 가능해진다. 한마디로 말해, 비유어 (譬喩語)들의 원관념(眞意)을 이해하고, 이들 간의 관계 곧 비유 체계에 내재한 질서를 이해해야만 한다. 그만큼 공감하기가 쉽지 않다는 뜻이다. 그런데도 이 시(詩)가 선택되어 곡이 붙여졌다. 대단히 흥미롭다. 독자의 상상력이 요구되는 시귀(詩句)와 장중한 작품의 주제 때문일까?

 시적 화자(話者)가 정작 말하고자 한 작품의 주제조차 한마디로 말하기가 쉽지 않다. 필자야 두 번 세 번 이 작품을 분석적으로 읽었기에 '세파(世波)를 헤쳐나온 여인의 고단한 삶'이라고 말할 수 있지만, 이 주제는 음각(陰刻)되었고 선명하지도 않다. 이 시를 눈으로 읽지 않고 귀로 듣는다면 더욱 어렵게 느껴질 것이다. 이런 맥락에서 본다면, 작품의 주제는 실로 장중하나 노랫말로서는 흠결이 있다고 말할 수 있다. 물론, 시 내용을 알고 들었을 때와 모르고 들었을 때는 많은 차이가 있다.

커피에 크림이 녹듯 추억을 녹여서
커피에 설탕이 녹듯 사랑을 녹여서
밤새도록 너를 생각하며 그리움을 마신다.
너와 함께 마신 그 커피 향내가
내 가슴을 적시는데
이 밤, 바람은 불고 비는 내리고

너는 지금 무엇을 하고 있니

커피에 크림이 녹듯 기쁨을 녹여서
커피에 설탕이 녹듯 슬픔을 녹여서
밤새도록 너를 생각하며 고독을 마신다.
너와 함께 마신 그 황홀한 맛
내 마음에 남았는데
이 밤, 바람은 불고 눈은 퍼붓고
너는 지금 무엇을 하고 있니
무엇하고 있니

백승희 시인의 「커피」 전문이다. 이 작품은 전체 2연 15행으로 짜인 단순구조의 시이다. 제1연과 제2연이 시어(詩語)만 바뀌었을 뿐 사실상 같은 구조(構造)이자 같은 내용(內容)이다. '추억'이 '기쁨'으로, '사랑'이 '슬픔'으로, 그리고 '그리움'이 '고독'으로, '커피 향내'가 '황홀한 맛'으로 각각 바뀌었을 뿐 같은 내용이 사실상 두 번 반복되었다. 짜임새가 단순하고, 그 내용이 또한 단순하다. 작품의 주제도 양각(陽刻)되어 겉으로 다 드러나 있다. 곡을 붙이기에는 이런 시가 쉽고, 노래를 듣는 청중도 쉽게 이해 공감할 수 있다.

그러나 작곡가 입장(立場)에서는 실증을 느낄 수도 있다. 마치 수많은 시를 읽어온 사람이 그 비슷비슷한 시들과 다른, 무언가 특별하고 새로운 시를 원하듯이 말이다. 그리하여 오랜 세월에 걸쳐서 굳어진 형식을 깨고, 그 형식에 담기는 내용에서도 새로움을 추구한다. 이른바, '파격(破格)'을 원하게 되고, 좋아하게 되며, 즐기게 된다. 그럼으로써 다양한 형식에 다채로운 내용의 시가 쏟아져 나오는 것이다. 하지만 여기에는 함정(陷穽)도 있다. 실험하는 즐거움이 있겠지만, 공감의 파장이 작다는 부담도 있다. 곡을 쓰는 작곡가도 마찬가지일 것이다.

저녁이 노을을 데리고 왔다
환희에 가까운 심장이 짜릿한 밀애처럼
느린 춤사위로 왔다

나는 그와 심장을 나눈 사이

닿을 듯 말 듯 불같은 입술로 내 가슴께로
왔다 가면
나는 절반의 심장으로 차가운 밤을 노래한다

밤이 노을을 데리고 갔다
노여운 기다림을 온몸에 감고
캄캄한 휘장을 던지며 빠른 춤사위로 갔다

나는 그와 심장을 나눈 사이

노을에는 내가 활활 타오르고
나에겐 노을이 광기처럼 잠자는 울음을 깨운다

노을의 심장 위에 내 심장을 포갠다

신달자 시인의 「심장이여! 너는 노을」 전문이다. 이 작품은 전체 7연 14행으로 이루어진 시로 내용상으로는 전·후반부로 나누어진다. 전반부는 제1연에서 제3연까지이고, 후반부는 제4연에서 제7연까지이다. 이 작품을 천천히 일독한 사람은 이미 감잡았겠지만, 두 가지 특징이 있다. 하나는, 우리말에서는 쓰지 않는 무생물 주어 둘이 쓰였다는 점이고, 다른 하나는 명사를 꾸며주는 수식어들의 성격이다.

"저녁이 노을을 데리고 왔다"에서 '저녁'과 "밤이 노을을 데리고 갔다"에서 '밤'이 그 무생물 주어이다. 그리고 ①잠자는 울음 ②노여운 기다림 ③짜릿한 밀애 ④절반의 심장 ⑤차가운 밤 ⑥캄캄한 휘장 ⑦불같은 입술 등에서 보는 바와 같이 명사를 꾸미기 위해 동원된 수식어들은 시적 화자의 심경을 드러내는 단서(端緒)들로 충분하다.

그리고 "나는 그와 심장을 나눈 사이"라는 시귀(詩句)가 전·후반부에서 각각 한 차례씩 반복적으로 쓰여 그 의미를 강조하는데 여기서 '그'는 다름 아닌 '노을'이다. 이런 판단에는 "노을의 심장 위에 내 심장을 포갠다"라는 단서가 작용했다. 또한, 오는 노을은 느린 춤사위로, 가는 노을은 빠른 춤사위로 각기 오고 간다는데 시적 화자의 감각적 인지 능력의 반영이라고 볼 수 있다. 이것은 시적 화자의 경험적 판단이다.

그리고 이 작품에서 중요한 사실은, 시적 화자인 '나'와 '그'가 심장을 나누었다는 다소 생경한 표현이 나오는데 다행스럽게 그것이 어떤 의미인지를 빼놓지 않고 설명했다. 곧, "노을에는 내가 활활 타오르고/나에겐 노을이 광기처럼 잠자는 울음을 깨운다"가 그것이다. 나와 노을과의 관계를 통해서 그 의미를 설명했다.

그런데 노을 속에서는 내가 타오르고, 노을은 잠자는 내 광기 같은 울음을 깨운다는 것이고, 노을, 울음, 광기, 잠 등이 다 원관념을 숨기고 있는 비유어(譬喻語)라는 사실이다. 시제(詩題)가 「심장이여! 너는 노을」이기에 '심장 = 노을'이라는 대전제하에서 이 시를 읽게 되지만 비유어들이 엮어내는 의미를 독자는 자의적으로 받아들이며 독자 나름의 해석을 하게 됨으로써 객관적인 주제와 관계없이 별도의 의미를 주관적으로 구축할 수도 있다.

　사실, 이 작품은 '노을'을 노래한 것인지 '심장'을 노래한 것인지 잘 드러나 있지는 않다. 그만큼 모호하다는 뜻이다. '노을'과 '심장'의 공통인수와도 같은 특징을 나란히 병립시켜 놓았으되 그 둘을 하나로 엮어 놓았다. 시적 화자의 눈으로 바라보면, 노을은 붉고 뜨겁다. 그런데 천천히 드러나 점점 붉어졌다가 빠르게 사라진다. 이런 자연현상을 통해서 노을이 심장이 되고, 노을은 노을이 아니라 시적 화자가 그리는 연인(戀人)의 심장이 되기도 한다. 그리하여 나의 심장과 연인의 그것이 포개져서 하나가 된다. 소위, 남녀가 섹스할 시에 느낄 수 있는 오르가슴의 감정, 느낌 등을 '노을'로 바꿔치기한 것으로도 해석할 수 있다. 화자인 나는 노을 속에서 활활 타오르고, 노을은 나의 잠자는 울음을 깨우기도 한다는 표현이 그 증거이다.

　이렇게 다의적으로 해석 가능한, 어려운 시에 곡을 붙인 까닭이 궁금하다. 작곡가가 시의 겉으로 드러난 의미와 속으로 숨은 의미를 충분히 이해하고서 곡을 붙였겠으나 과연 이런 노랫말이 청중에게 얼마나 이해되고 공감될까? 심히, 의심스럽다. 그래서 필자는 이 두 곡을 여러 번 듣고 또 들었다. 어느 누가 필자처럼 같은 노래를 여러 번 들어주겠는가?

난해함은 한 번 더 읽게 하고 듣게 하는 요인이 될 수 있다. 하지만 그보다는 노랫말의 의미가, 다시 말해, 작품의 주제가 좋아서 혹은, 깊어서 한 번 더 듣고 싶을 때 진정한 가치가 부여될 것이다. 시에서 요구되는 상상력이란 것도 복잡한 표현 기교를 이해하려고 노력하는 과정에서 사유하게 되는 상상이 아니라 깊고 좋은 의미의 주제를 통해서 연상하고 상상하는 즐거움이 아닐까 싶다.

-2021. 12. 30.

작곡가 **정덕기** 음악 세계를
이해하기 위한 작은 시도

정덕기   이시환

Q **이시환** : 안녕하세요? 정덕기 작곡가님, 지난 2021년 12월 10일 한국예술평론가협의회 주최 '올해의 최우수 예술가상' 시상식장에서 아주 오랜만에, 그리고 뜻밖에 뵙게 되어 놀라웠습니다. 90년대에 뵙고 근 30여 년 만에 다시 만나게 되었는데 다 늙어서 만나게 되어 아쉬운 점이 없지 않습니다.

A **정덕기** : 그러게 말입니다. 1994년 선생님의 시 「그리움」에 곡을 입힌 것을 계기로 만났는데 그 만남이 쭉 이어지지는 못한 것 같습니다. 아쉽지만 지금에서라도 다시 만났으니 이젠 그 만남이 계속되었으면 좋겠습니다.

Q **이시환** : 그래야겠지요. 어쨌든, 다시 만나게 되어 기쁘고 감사합니다. 솔직히 말해, 저는 작곡가 정덕기 님의 음악 세계를 얘기할 정도로 음악을 충분히 이해하고 있지 못합니다. 다만, 정 작곡가님께서 그동안 '한국작곡가회'를 비롯한 여러 단체에서 활동하시며, 수많은 시인의 시 작품에 곡을 붙여왔고, 그 결과 약 600여 편의 가곡(歌曲)을 남겼으며, 조금 전 작곡가님의 방대한 작품목록을 일일이 살펴보면서 확인했지만 비교적 널리 알려진 김소월 천상병 윤종혁 김남조 이건청 정호승 신석정 유경환 최동호 신달자 나태주 한여선 등 주옥같은 시를 창작하는 훌륭한 시인들의 시에 곡을 붙임으로써 새로운 생명을 불어넣었다는 객관적 사실 정도를 인지하고 있을 뿐입니다. 그래서 혹 결례가 되는 질문을 할 수도 있겠다는 생각이 들며, 실수하더라도 헤아

려 주시기 바랍니다.

A **정덕기** : 별말씀을 다 하십니다.

Q **이시환** : 정 작곡가님께서는 평생, 음악과 더불어 살아오셨다고 해도 틀리지 않는데 어떻습니까? 자신의 삶을 스스로 돌아보았을 때 어떤 의미가 있다고 말할 수 있는지요?

A **정덕기** : 사실, 저는 평생 작곡만 생각하며 살았습니다. 작곡을 빼면 저에게 남는 것은 아무것도 없습니다(여기에 관하여 '음악저널' 기사 하나를 이메일로 첨부하여 보내겠습니다).

Q **이시환** : 감사합니다. 꼭 읽어 보겠습니다.

작곡가님은 그동안 많은 시인의 시를 접하면서 공감되는 바 있어서 곡을 지으셨을 텐데 그런 경험적 안목이 쌓여 이제는 시를 보는 족족 본능적으로 곡을 붙이기에 '좋다, 그저 그렇다, 아니다'라는 식으로 작곡가 시각에서의 평가가 입 밖으로 나올 법도 한데….

A **정덕기** : 사실, 저도 곡을 쓰는 사람으로 시를 읽으면 본능적으로 아 좋다, 그저 그렇다, 영 아니다, 그렇게 느끼지만, 입 밖으로 내지는 못하고 생각만 할 뿐이지요. 그렇다고, 항상 좋다는 것에만 곡을 쓰는 것도 아니니까요(때에 따라서는 영 아닌 것에도 곡을 써야 하니까 말입니다). 그렇다고, 항상 좋다고 생각하는 것이 항상 곡으로 만들어지는 것도 아니고, 영 아닌 것이 영

아닌 것으로 남지도 않습니다.

Q 이시환 : 아, 그렇군요. 상당히 유연하시군요. 하하하. 정덕
기 작곡가께서 특별히 좋아하는, 아니, 애송하는 작품이 있다면
어떤 작품을 들 수 있는지요?

A 정덕기 : 저의 곡을 말씀하시는 것 같은데 저는 저의 모든 작
품이 다 고만고만해요. 어느 것을 내세울 수가 없어요. 이것은
이것 때문에 저것은 저것 때문에 사랑해야 할 이유가 다 있는 거
예요. 그래도 많이 알려진 것이 있다면 「된장」, 「와인과 매너」 그
런 것이 아닐까 합니다.

Q 이시환 : 그렇군요. 한번 들어보고 싶군요.

A 정덕기 : 지금 선생님의 폰으로 링크해 놓겠습니다.

Q 이시환 : 감사합니다. 감상해 보고 소회를 솔직하게 말씀드리
겠습니다. 저는 시가 절박하게 다가와 있어서 평생 그것에 매달
리듯 살아왔는데 혹시, 작곡가님께 가곡이라는 것도 그런 대상
이 아닌지 모르겠습니다.

사실, 시가 제게는 그 무엇보다 중요한데 타인들에게는 전혀 그
렇지 않다는 것을 너무나 늦게 깨달았지요. 그래서 이제는 시 때
문에 너무 긴장하지 않으려고 하며, 너무 쫓기듯 살지 않으려고
합니다. '나의 시가 필요하면 찾아 읽겠지. 읽고서 느끼고 공감

하는 바 있거나 그것이 크면 그 문장의 주인을 기억하겠지.'라고
편하게 생각합니다. 그러면서도 시의 무엇이 독자의 마음을 사
로잡는지, 그리고 시의 무엇이 궁극적으로 내 마음을 편하게 하
는지도 생각합니다. 가곡을 대하는 작곡가님의 마음이나 가곡에
거는 작곡가님의 기대는 어떤 것인지요? 그 의미가 사뭇, 궁금
합니다.

A 정덕기 : 저는 어릴 적에 '존재(存在)'에 대한 생각이 많았던
것 같아요. 죽고 나면 아무것도 남지 아니하잖아요. 그래서 무언
가를 남기는 것이 무엇일까 생각하다가 '소설(小說)'을 생각했
어요. 그것이 나중엔 '작곡(作曲)'으로 바뀐 것뿐이지요. 작곡도
무언가 남기는 작업이라 생각했지요. 사실, 저는 작곡만 열심히
하지 그 곡을 알리는 일은 저의 몫이 아니라고 생각했어요. '곡
이 좋으면 언젠가는 알려지겠지요.'라고 생각해 왔던 게지요.

Q 이시환 : 그렇군요. 음악평론가들이 '해학가곡'이란 말로써
정 작곡가님의 가곡의 한 특징을 함축적으로 설명하려 한 것 같
은데, 저는 다시 가곡 목록을 들여다보면서 더욱 그 소리의 빛깔
이 궁금해졌습니다. 때마침, 보내주신 윤준경의 「액면가」와 김필
연의 「라면 한 입」 등 두 곡을 연속으로 들어보았습니다만 '참 재
미있다'라는 생각이 들었고요. 이렇게 자유분방한 노랫말에 맞
추어 자유자재로 소리의 길을 내는 것을 보고서 작곡가의 뛰어
난, 아니 창의적인 역량을 떠올렸습니다. 특히, 피아노가 시를

읽는 듯한 강렬한 인상을 받았는데 정 작곡가님의 의욕적이고 창의적인 노력에 박수를 보내지 않을 수 없습니다.

일상 속에서 경험하고 일상 속에서 자연스럽게 말해지는 '생활언어'들이 노랫말로서 노래 불리워짐으로써 가곡이 대중에게 친숙하게 다가설 수 있겠다는 생각과 함께 가곡의 외연이 확장되는 의미가 있겠다는 생각이 불쑥 들었습니다. 문제는, 가곡이란 한 번 듣고 마는 그런 노래가 아니라 듣고 들어도 다시 듣고 싶은 우리의 보편적인 정서가 격조 있게 반영되어야 하는데 과연 정 작곡가님의 파격적인, 아니 전위적인 노력이 과연 대중에게 어떻게 평가될지 모르겠습니다.

A 정덕기 : 우리 한국가곡이 외국곡보다 더욱 그런데 모두 비슷비슷해요. 내용도 사랑, 고향 그리움, 이별, 자연, 그런 것들이지요. 작곡가도 다른데 분위기가 다 비슷비슷해요. 그래서 한 곡만 들으면 좋은데 여러 곡을 들으면 역시 지루해져요. 다 비슷하니까요. 물론, 작곡가의 역량(혹은 상상력)이 문제이지만요.

그래서 그것을 극복하고자 학예회처럼 여러 성악가가 등장하여 한두 곡으로 부르고 바뀌지요. 그것으로 비슷한 것을 극복해 보고자 하지만 사실 지루하기는 마찬가지예요. 그것이 소재의 빈곤에서 오는 것이 아닐까 생각했어요.

사실, 시에 따라 곡 분위기가 다르면 그럴 필요가 없겠지요. 예를 들면, 슈베르트의 '겨울나그네'는 24곡으로 된 연가곡인데 한 성악가가 피아노 반주에 의해 전체를 다 불러요. 물론, 그때 무대를 들어왔다 나갔다 하지도 않고 한 자리에서 다 부르거든요. 그래도 전혀 지루하지가 않아요. 24곡의 분위기가 다 다르거든요. 그런 차원에서 소재의 다양성이 중요하지 않을까 생각했어요.

Q 이시환 : 아, 그렇군요. '소재의 빈곤'과 '소재의 다양성'이라는 말씀을 해 주셨는데 매우 중요한 얘기이지요. 사람의 욕구와 기대가 다종다양해져 가는데 그에 부응하기 위해서라도 소재 개발은, 다시 말해 소재의 다양화는 절대적으로 필요하지요. 아니, 필요하다기보다 자연스럽게 소재가 다양해져야지요. 그것은 자연스러운 현상이라고 봅니다. 시(詩)에서도 마찬가지이거든요. 그렇더라도 '소재주의'는 경계할 필요가 있다고 봅니다. 제가 말하는 '소재주의'란 특별한, 기발한 소재를 선택하여 그것을 노래하는 것으로서, 그것을 시로 쓰는 것으로서 자신의 능력을 인정받으려는 태도나 경향 말입니다. 물론, 소재를 선택하는 안목도 작가의 능력을 결정짓는 중요한 요소임에는 분명합니다. 그러나 그보다 더 중요한 것은 동일 소재를 가지고 시를 썼을 때 그 시들을 동일 조건에서 비교해보면 개별적 차이가 현저히 나게 됨을 확인할 수 있는데 그것이 바로 작가의 역량 문제라고 생각합니다. 작품 한 편 한 편의 완성도와 그 품격을 위해서 노력하는 일이 더 중요하다는 생각을 저는 개인적으로 해왔습니다.
제가 시를 공부할 때 '진달래꽃'을 노래한 시인들의 시를 다 모아

책상 위에 펼쳐놓고 읽어 보면 시인마다 다른 개성과 문학적 역량이 많이 다름을 체감할 수 있듯이 저는 가곡에서도 노랫말과 곡과 연주라고 하는 삼 요소의 궁합이 잘 맞아서 작품의 완성도를 최대한 높여야 한다고 생각합니다. 바로 여기에 우리의 노력이 집중되어야 하는데 그렇지 않다는 것이 제 생각입니다.

문외한인 제가 가곡을 들을 때마다 노랫말이 된 시를 따라가기에 바쁘다는 생각을 하곤 했습니다. 이게 무슨 말이냐 면은, 다 듣고 나도 무언가 깔끔하게 정리 정돈된 모습으로 시의 메시지가, 그러니까 작품의 주제가 떠오르지 않는다는 뜻이지요. 아마도, 시가 너무 복잡하기 때문이 아닌가 싶은데 어떻습니까? 신달자 시인의 「등 푸른 여자」가 그 한 예가 아닌가 싶습니다만…. 전세원의 「눈물 꽃다발」은 좀 상대적으로 나은 편이었습니다만…. 이런 문제는 정 작곡가님의 작품만 그렇다고 지적하는 게 아닙니다. 노랫말로서 시(詩)의 문제를 말하는 것뿐입니다. 오해 없으시기 바랍니다.

A 정덕기 : 작곡을 배우려면 우선 '음(音)'을 알아야 해요. 문학에서 글자를 아는 것과 마찬가지이겠지요. 그 외로 화성학, 대위법, 관현악법, 음악형식론 등이 기본 과목이어요. 이것 중에 만만한 것은 하나도 없지만, 저로서는 그중에 음악형식론이 가장 중요한 문제가 아닐까 생각합니다. 음이 하나면 아무런 의미가 없지요. 그러나 음이 두 개가 되면 상대적으로 높낮이가 생기고, 길고 짧음이 생기고, 박이 생기고, 리듬이 느껴지지요. 작곡이

란 그것들을 결합해가는 과정이지요. 그래서 가장 잘된 곡은 복잡하고 어지러운 곡이 아니라 음 몇 개로 정리되는 곡이지요. 사실, 베토벤 곡이 위대한 이유는 복잡해 보이지만 음 몇 개로 정리되기 때문이지요. 저도 그렇게 곡을 씁니다. 음 몇 개로 다 분석이 되지요. 이유 없는 음이 하나라도 나온다면 그 곡은 실패작이지요. 물론, 그 위에 가요형식, 복합3부형식, 변주곡형식, 론도형식, 소나타형식 등이 있기는 하지만요.

Q **이시환** : 저는 노랫말로서 시(詩)의 문제를 말씀드렸는데 작곡가님은 곡(曲)을 짓는 입장에서 노랫말에 소리의 옷을 입히는 방법상의 어려움 내지는 기술을 말씀하셨습니다.

오래전에 김소월 시인의 「초혼」과 「진달래꽃」을 듣고 제 나름의 촌평을 한 적도 있습니다만 우리가 자주 읽어서, 아니 학창시절에 교과서를 통해서 배워 알고 있기에 친숙해져 있을 뿐 노랫말로서는 문제가 있다고 생각합니다. 그러함에도 불구하고, 그 시인의 유명세를 등에 업고 너도나도 곡을 써서 연주하는 것을 보고 이것은 아닌데 하고 고개를 갸우뚱하던 때도 있었습니다. 우리 가곡이 대중에게 친숙하게 다가가고, 널리 애창(愛唱)·애청(愛聽) 되려면 노랫말부터 정제될 필요가 있다고 저는 생각해 왔습니다만 정 작곡가님께서는 어떻게 생각하시는지요?

A **정덕기** : 사실, 저는 김소월 님의 시를 별로 좋아하지는 않아요. 역사적 산물로서의 김소월이라면 인정할 수 있지만, 시 그

자체를 좋아하지는 않아요. 그러나 정형시가 많아 아무 생각 없이 곡 쓰기에는 아주 편해요. 그 이상은 아닌 것 같아요.

Q 이시환 : 아, 그렇게 생각하시는군요. 어젯밤에 잠을 이룰 수 없어서 슈베르트의 「겨울나그네」 연가곡을 처음부터 끝까지 다 들었습니다. 제럴드 무어 피아노 반주에 바리톤 피셔 디스카우 음성으로 들었습니다만 첫 곡 「안녕히」에서부터 스물네 번째 마지막 곡 「거리의 악사」까지 다 들으면서 몇 가지 생각을 했습니다.

우리말 가곡을 듣다가 독일어 발음으로 슈베르트의 연가곡을 듣게 되니 무엇보다 우리말과 독일어의 음성학적 측면에서 많이 다름을 느꼈습니다. 그 다름이 노래의 맛깔에도 지대한 영향을 미칠 수 있다는 점을 체감 확인했습니다. 저는 독일어를 모릅니다만 굴러가는 듯한 유성음 발음과 강약이 비교적 명료해, 비록, 노랫말의 의미는 지각할 수 없었지만, 듣기에는 아주 좋았습니다. 게다가, 스물네 곡이 모두 다르기에 편 편이 달라지는 변화 속에서 즐거움을 누릴 수도 있었습니다. 물론, 다 듣고 나서 우리말 번역 가사를 좀 살펴보았습니다만 그 의미를 배제하고 들어도, 솔직히 말해, 약간의 인내심이 요구되는 것은 사실이지만, 들을만했습니다. 흐르는 시냇물 소리처럼 속삭이듯 하다가도 격랑이 일기도 하고… 저로서는 아주 낯선 경험이었습니다. 소리 연주자인 바리톤 피셔 음성도 차분하고 제 귀에는 듣기에 좋았습니다. 덕분에 문장을 주무르는 사람이 말로만 들었던 슈베르트의 연가곡을 다 들어보았다는 사실인데요, 어쨌든, 정 선생님께 고맙게 생각합니다.

그리고 한 가지 또 생각한 것은, 노래를 들으면서, 문화의 차이랄까 노는 방식의 차이랄까 그런 차이가 얼마든지 있을 수 있음을 확인하게 되었는데, 부연하자면, 이분들은 실내에서 조용히 노래를 들으며 사유하고 상상하는 생활 속의 문화를 가꾸어 왔다면 우리는 그냥 밖에서, 야외에서 단순한 타악기 중심의 연주와 함께 노는 생활 속 문화를 가꾸어 왔지요. 사물놀이가 그 한 예라고 할 수 있겠지요.

그렇듯, 우리가 일상 속에서 대중가요를 듣기도 하고, 가곡을 듣기도 하는데, 이것은 삼겹살을 먹느냐 비프스테이크를 먹느냐의 차이처럼 우리의 기호 차이라고 생각합니다. 여건에 따라, 다시 말해, 개인의 관심, 기질, 지식, 감정발산 내지는 표현 방법, 생활환경 등의 차이로 자연히 생기는 '노는 법'이 달라진다고 생각했습니다. 탁계석의 「와인과 매너」에서도 나왔지만 근사한 레스토랑에서 포도주의 빛깔과 향기를 연인과 사랑을 속삭이듯이 천천히 음미하는 것도, 논밭에서 힘들게 노동하느라 배고픈 데다가 몸조차 노곤 노곤해진 상태에서 막걸리 한 사발 벌컥벌컥 들이키는 것도 다 삶의 조건이 다른 상황에서 나온 일종의 노는 법, 먹는 법, 즐기는 법의 차이 곧 문화의 차이라고 말할 수 있다는 것이지요.

피아노 반주에 맞추어 한 편의 시를 목청 돋우어 노래 부르는 것을 즐기며 듣는 것도 노는 법이고, 스물네 곡을 연속으로 들으며 고개를 끄덕이며 나름 공감하면서 상상하는 이들의 삶의 양태도 노는 방법일 것입니다. 이렇게 생각하면 우리 가곡도 어떻게 부르고 어떻게 즐겨야 하는지를 자연스럽게 모색될 수 있다고 생각합니다.

정 작곡가님은 서울에서 대학과 대학원 수업을 마치고 독일로 유학까지 가셔서 음악공부를 하셨으니 슈베르트의 「겨울나그네」 공연을 현장에서 보고, 느끼고, 또 곡 분석도 했을 터이고, 그런 생활문화 내지는 음악적 양식 곧 노는 방식에 대해 많은 생각을 해왔으리라 판단됩니다만 어떻습니까?

A 정덕기 : 저가 최고로 생각하는 음악회는 박수가 없는 음악회입니다. 저는 박수가 없는 음악회를 몇 번 경험하였습니다. 그 가운데 하나가 바로 「겨울나그네」를 독일 카를스루에에서 들었을 때입니다. 24곡을 다 듣고 난 후 그 누구도 박수를 치지 못했습니다. 아니, 칠 수가 없었습니다. 슈베르트의 다양한 24곡의 음악 성악가와 피아니스트의 멋들어진 표현력, 그것 때문에 그 누구도 그 정적을 깨뜨릴 수가 없었던 것입니다. 음악애호가라면, 아니 사람이라면 그런 경험을 한 번쯤은 해봤으면 좋겠습니다.

그리고 그 슈베르트 가곡은 분석이 된다는 것입니다. 그런데 우리 가곡은 분석이 되질 않는 겁니다. 이제 우리 가곡도 이론에 정통한, 시에 충실한, 음악이 나왔으면 좋겠습니다.

Q 이시환 : 아, 좋은 말씀입니다. 정품과 유사품은 분명, 다른 법이지요. 최소한의 기능은 같을지 몰라도 머지않아 다름을 알게 될 것이니까요. '박수 없는 음악회'라…. 공연을 막 마치었지만, 그 여운이 진하게 남아 그 분위기에 압도되어, 가만히 눌리어 있는 상태, 그런 분위기를 상상할 수 있을 것 같습니다. 청중의 몰입된 태도, 그리고 공감이 만들어내는 압도적인 연주와 호흡에 감동된 나머지 그곳에서 빠져나오고 싶지 않았던 거겠지요.

이제, 우리 가곡에 대해서 좀 얘기해 볼까 합니다. 저는 가곡을 들으면 상당수가 그 노랫말의 의미가 지각되지 못합니다. 저도 '왜 그럴까?' 생각해 보았는데 첫째는 저의 지각능력 부족을 들 수 있고, 둘째는 음의 고저장단이 단어나 어구와 자연스럽게 어우러져야 하는데 그렇지 못하는 데에 있을 수 있고, 셋째는 노랫말에서 의미 전개 자체가 잘못되었거나 주제를 부각하지 못했기 때문이라고 생각해 왔습니다. 실제로, 먼저 주어진 노랫말을 읽고 이해하는 과정을 거친 뒤 곡을 쓰시는 작곡가님 생각은 어떠신지요?

A 정덕기 : 우선 두어 번 시를 읽으면 내용이 파악되고, 그 내용에 의해 주제(Thema)에 피아노의 음악적 무늬(Figure)를 상상해내고, 그다음은 시에 맞추어 악구를 만들고, 악절을 만들고,

그 후 어떤 형식을 만들고… 뭐 그런 형태로 작곡을 합니다. 어떤 분은 우선 노래 선율을 먼저 만들고 피아노 반주를 붙이는데 저는 일체형으로 같이 합니다.

그렇게 하는 사이에 언어의 악센트, 고저장단, 시의 내용을 생각합니다. 그러나 이 문제는 간단하지가 않아요. 우리 언어는 서양 알파벳과는 달리 음절문자이어서 100% 맞지 않아요. 하지만 최대한 맞추려고 노력하지요. 시의 내용도 마찬가지입니다.

Q **이시환** : 아, 그렇군요. 작곡가의 작업실 풍경이 그려집니다. 제가 시를 쓰는 사람이라서 그런지 가곡의 노랫말에 문제가 많다고 느껴왔고, 그래서 자주 지적하는데요, 노랫말로서 흠결이 없는 정품(正品)을 넘어서서 내용이나 정서 면에서도 정제된 정품(精品)을 선택해 곡을 지을 필요가 있다고 생각합니다만 그것이 현실적으로는 쉽지 않은 모양입니다. 저는 시가 노랫말로서 반듯하면 작곡가가 곡을 쓰기에도 한결 낫지 않을까 싶습니다만 그래야 곡으로서도 반듯한 정장(正裝)이 입혀져서 시와 곡이 어울리지 않을까 해서요. 시에서부터 파격(破格)이 많으니 자연히 곡도 파격이 많아지게 되고 그럼으로써 들어도 무슨 소린지 거리감만 더 생기어 대중으로부터 외면받는다고 저는 생각합니다.

A **정덕기** : 저도 정형률로 된 시가 곡으로 만들기는 편합니다. 이미 형식이나 악절이 다 나와 있거든요. 그러나 이런 시에도 단점은 있습니다. 작곡이 매너리즘(mannerism)에 빠지기 쉬워

요. 상상력을 발휘하기가 쉽지 않아요. 그래서 저는 오히려 산문시 같은 것을 좋아합니다. 글자가 잘 맞지 않을 때 궁리하게 되고 또 다른 아이디어를 찾게 되어 저도 놀라는 음악이 되거든요. 물론, 이때도 악절의 중요성은 아무리 강조해도 지나치지 않아요. 악절이 만들어지지 않으면 문장이 되지 않는 글처럼 되어버리거든요.

Q 이시환 : 예, 공감합니다. 아주 구체적인 얘기 감사합니다. 작곡가는 작곡가로서 애로가 있겠고, 문제를 타개하려는 창의적인 노력도 모색하리라 생각됩니다. 실은, 정 작곡가님께서 일전에 보내주신 「우리 예술가곡의 문제점」이란 글을 분석적으로 읽어보았습니다. 저는 그 글에서 작곡가가 얼마나 세심한 신경을 쓰고 있는지 '작곡가의 고민'을 새삼 인지하게 되었습니다.

A 정덕기 : 「우리 예술가곡의 문제점」이란 제 글은 음악잡지 「음악저널」 2011년 4월호에서부터 11월호에 걸쳐 연재했던 것입니다. 의욕을 갖고 연재했습니다만 반응이야 '그저 그랬어요.' 몇 분 전화 오는 정도였습니다.

Q 이시환 : 그렇군요. 음악인들이 보는 전문잡지의 연재를 통해서 우리 가곡의 문제점들을 일일이 지적하기도 하고 그 대안을 제시하는 글을 적지 아니한 음악인이 보았을진대 몇 분이 전화했다는 것은 아주 큰 반응이라고 저는 생각합니다. 글을 읽고 부

러움을 느끼면서 한 수 배워도, '나는 못 썼는데 당신이 써'라고 하면서 경쟁심리가 작동되거나 질투해도, '야, 이거 정말 요긴한 가르침이네'라고 감탄해도 대개는 무반응이거든요. 다들 속으로 새길 뿐이지요. 여담입니다만 제가 언젠가 최영미 시인의 시집 『서른 잔치는 끝났다』에 관한 신문 기사가 4대 일간지가 앞다투어 보도할 때 제가 평문 하나를 발표했었는데 지금은 돌아가셨지만, 신동한 문학평론가를 비롯하여 몇 분의 문사들이 전화를 걸어와 '잘했다', '내 속이 다 후련하다.' 등의 말을 했었거든요. 생각건대, 아마도 작곡가들에게 상당한 영향을 미쳤으리라 판단됩니다.

지금에서야 읽게 된 저도 정 작곡가님의 글을 읽으며 많은 생각을 했으니까요. 작곡가께서 노랫말인 시를 어떻게 인지하고 있는지, 실제 작곡하는 과정에서 시의 의미를 혼란스럽게 하거나 시의 분위기나 의미를 헤아리지 못하고 상투적으로 작곡하는 경향을 지적한 점이나, 제4장이었던가요? 시의 주제와 피아노 반주의 조화 등의 문제를 언급하셨는데 시인으로서 작곡가의 고민을 어느 정도 이해하게 되었습니다. 조금 생각이 다른 점도 없지는 않은데 특히, 가사와 곡의 일치성에 대해서는 시를 짓는 사람으로서 저도 한번 정리해 보고자 하는 의욕까지 생겼으니까요.

A 정덕기 : 이 시인님의 말씀처럼 제 글이 작곡가들에게 영향을 미치어 좋은 곡을 짓는 데에 조금이라도 도움이 되었다면 영광이지요. 감사합니다.

Q 이시환 : 이제 다시 분위기를 좀 바꾸어 볼까요. 저는 그동안 정 작곡가께서 작곡한 가곡 600여 곡 중에서 열한 곡을 두세 번씩 반복적으로 들었습니다. 자꾸 듣다 보면 더 친숙해지지 않을까 싶고, 그 특징이나 보완점도 같이 짚이지 않을까 해서였습니다. 물론, 600여 곡 가운데 11편은 너무 적은 표본이지만 이런저런 이유에서 선택된, 정 작곡가님의 음악 세계를 이해하는 단초(端初) 같은 곡들이기에 이들을 살펴보는 것도 의미 있는 일이라 판단되었습니다. 그 목록을 먼저 정리해 보면 이렇습니다.
①액면가(윤준경 작시) ②라면 한입(김필연 작시) ③등 푸른 여자(신달자 작시) ④눈물 꽃다발(전세원 작시) ⑤정물화(김영선 작시) ⑥시래기(유영애 작시) ⑦살다 보면(임승환 작시) ⑧된장(탁계석 작시) ⑨와인과 매너(탁계석 작시) ⑩노을 속을 걷다(이명희 작시) ⑪구름 같은 인생아(유경환 작시) 등입니다.
노래 감상자로서 그리고 시인으로서 느낌을 솔직하게 말하는 것을 받아들여 주신다면 저는 이렇게 말하고 싶습니다. 조금은 일방적입니다만…. 제 기억력이 좋지 못함으로 메모를 보면서 천천히 말하겠습니다.

「액면가」는 어떤 상품의 액면가가 아니고 화자(話者) 자신의 액면가(額面價)입니다. 언제나 깎이고 싸게 쳐지는 내 인생에 대한 액면가, 아주 재밌게 들었는데 한 번쯤 생각게 하는 진중함도 느껴졌습니다.

「라면 한 입」은 아들과 아빠의 라면 사랑 얘기처럼 들리는데 라면 한 그릇을 놓고 아들과 아빠의 관계가 잘 그려진 산문입니다. 상황 묘사력이 연극에서의 한 장면처럼 뛰어납니다. 피아노와 소리 연주자가 호흡을 맞추어 잘 어울리는 것 같았습니다.

「등 푸른 여자」는 신달자 시인의 시(詩)인데 그렇게 단순한 시가 아니라고 생각됩니다. 그 너른 바다와 파도를 떠올리고 그 무거움 속에서 벗어나지 못하고 살아가야 하는 어족(魚族)을 전제해 두어야 하지요. 그런 다음, '세상'이라는 바다가 내 몸에 올려져 있는, 그 세파(世波)를 헤쳐나가기에는 너무 버겁고 너무나 힘든 여자의 삶을 빗대어 놓았습니다. 얼핏 들으면, 이 둘이 단순히 나열된 것 같으나 단순 나열이 아니라 관계 지워져 있지요. 바다에서 힘들게 싸우듯 몸부림치며 살아가는 물고기와, 인간 세상이라는 바다에서 힘들게 살아가야 하는 여자를 오버랩해 놓았다는 뜻입니다. 그래서 이 둘이 합쳐져서 '등 푸른 여자'가 되었는데 노랫말로서는 조금 복잡한 면이 없지 않으나 피아노가 비교적 잘 이끌어가며 받쳐 주고 있습니다.

「눈물 꽃다발」은 분위기가 사뭇 다릅니다. 피아노에 바이올린이 추가되었지요. 잊지 못하는 연인에 대한 그리움이랄까, 더는 다가갈 수 없는 사랑이라 눈물 꽃다발을 보내야 하는 슬픈 사랑 이야기인 것 같습니다. 수식어 남용이 오히려 노랫말의 의미를 단절

하는 것이 아닌가 싶기도 했습니다. 주제 부각에서 좀 아쉬웠습니다. 너무 화려하게 치장한 여인의 장신구와 복장이 오히려 그녀의 진심을 가리는 형국이라고 빗대어 말할 수 있을 것 같습니다.

「정물화」는 하늘의 달이 하늘의 '구멍'으로, 그 구멍이 '빈 공간(空間)'으로 환치되면서 채워야 하는 인간의 욕구로까지 연계되어 있습니다. 그 채우는 것을 '눈물'로 받았는데 시적 화자의 사유가 정물화 속 화병의 꽃으로 머물면서 슬픔이 강조되었지요. 죽어간다는 이유에서 말입니다. 그러면서도 정물화를 들여다보듯, 구도에 갇혀있는 사물들의 관계를 서로 잘 알고 있지만 말하지 않는 '침묵의 공간'이라는 표현으로 귀결시켰습니다. 이 노랫말을 쓴 시인의 내면적 정신세계와 사물을 바라보는 시각은 매우 흥미로우나 한 편의 시에서 궁극적으로 말하고자 했던 주제를 부각하지는 못한 것으로 판단됩니다. 그러나 생각게 하는 여지 곧 그 공간이 크게 확보되어 있어 함축적 상징성이 있다고 하겠습니다.

「시래기」는 좋은 소재입니다. 노랫말도 참 좋습니다. 무청이 시래기나물이 되어 밥상 위로 올라오기까지 과정이 설명되면서 최종적으로는 '고향의 푸른 맛'이라고 의미가 부여되었습니다만 정말 '푸른' 맛일까요? '푸른'이라는 시어가 제게는 걸렸습니다. 무청의 색깔을 드러낸 말이긴 하지만 시래기나물의 맛을 '푸른'으로 받은 것은 조금 생각해 볼 필요가 있다고 봅니다. 그리고 두 차례 추임새 같은 후렴은 오히려 없었더라면 더 좋았을 것이라는 개인적 판단이 들었습니다. 특히, '된장과 눈맞은 속 깊은 사랑'이라는 어구는 함의가 깊고 정감도 살아있습니다. '아름다운 우리네 사랑'으로 받은 것도 좋습니다. '어머니의 허기진 삶처럼 눈물같이 달라붙은 시래기 한 줌' 등의 표현이 돋보이는 작품이라고 생각합니다.

「살다 보면」은 살면서 느끼는 고난, 힘듦, 고통 등을 위로해 주는 노랫말입니다. '살다 보면 이런 일, 살다 보면 저런 일'이라는 함축적인 표현이 돋보입니다. 이에 버금가는 표현으로 '살다 보면 살다 보면 다 살아진다'라는, 조금은 어색하지만 새기어볼 만한 표현이 있습니다. 이런 함축적 표현이 좋습니다. 말은 단순하게 그리고 간결하게, 그 함의는 깊게 하는 것이 노랫말의 생명이라고 저는 개인적으로 생각하는데 모르겠습니다.

「된장」 그리고 「와인과 매너」는 노랫말에 비하면 곡이 너무 화려합니다. 솔직히 노랫말은 유치하나 곡이 화려한, 귀티 나는 포장지를 씌워주고 있다고 생각했습니다.

「노을 속을 걷다」는, 소리 없이 웃으며 들을 수 있었습니다. 중

년에서 노년으로 가는 사람들이 경험할 수 있는 내용이지요. 여기서 '노을'은 '늙어가는 사람의 시간' 혹은 '시기'를 빗댄 말인 것 같습니다. 노랫말에서처럼 젊은 날과 다르게 '쉬엄쉬엄'과 '조심스러운 연습'이 필요한 시기이지요. 그러나 '꽃내음이 도발한다'라는 다소 생경한, 젊은, 의욕적인 표현으로 시작합니다만 전체적으로 보면 무난하다는 생각이 들었습니다.

「구름 같은 인생아」는 대중가요 최희준의 「하숙생」을 닮아있습니다. 노랫말만을 보면 하숙생이 더 깔끔합니다. 여기서는 '바람'과 '구름'이 키워드로 쓰이고 있습니다만 '인생'과 '행복'이라는 의미를 드러내기 위해서 끌어 들여져 있습니다. 후반부에 삶과 죽음이라는 말과, '섞는다'라는 말이 나오는데 부자연스럽게 다가왔습니다. 철학적 함의를 부여하려는 시인의 욕심이 반영된 듯 보입니다.

저는, 위 열한 곡을 조용한 시간에 차례로 쭉 들어보는 기회를 가졌습니다만, 비교적 한 편 한 편이 귀에 들어왔습니다. 그렇다고, 아주 흠결이 없다는 뜻은 아닙니다. 그보다 곡의 문제가 아니라 노랫말이 조금씩 부족하다는 생각이 들었습니다. 아마도, 제가 문장을 주무르는 사람이기 때문일 것입니다. 껄끄러운 시어 선택과 부자연스러운 표현, 하나의 주제로 모이는 전체적인 질서 등이 본능적으로 제겐 지각됩니다. 쉽게 말하면, '기승전결'이라고 하는 최상·최고의 질서가 깨어져 있는 경우가 많습니다. 그러함에도 불구하고, 시를 해독, 재해석하는 과정을 거치는 작곡가는 나름대로 소리의 길을 내느라 많은 공을 투자했음을 느낄 수 있었습니다. 전체적으로 보면, 시에 곡이 얹어진 듯한, 그래서 부족한 함량의 시에 곡이 크게 도움을 주고 있다는 생각을 했습니다. 밋밋한 시 문장에 감정이 적절히 드러나도록 고저(高低)·장단(長短)·완급(緩急)·청탁(淸濁) 등의 요소로 얽어진 소리를 얹었으니 당연한 일일 것입니다.

작곡가는 스스로 선택한, 혹은 타자에 의해서 주어진 시를 가지고 이해 공감하는 과정을 거친 뒤 주관적으로 이해한 그 내용을 음악적으로 재구성해 놓는 과정을 즐긴 것 같다는 생각도 들었습니다. 어떤 의미에서는 자신의 음악적 역량을 실험하고 발휘하는 즐거움과 배설의 기쁨을 함께 누렸겠다는 상상도 해보았습니다.

다양한 소재를 통해서 대중의 기대나 욕구에 부응하는 노력도 엿볼 수는 있었습니다. 가곡의 외연 확장이라고 할까요, 긍정적인 공과도 분명히 있다고 봅니다. 특히, 우리의 일상적인 삶에서 경험하거나 가까이하지만, 그 본질에 대해 깊은 사유를 하지 못하다가 그 의미를 끄집어냄으로써 우리의 생활문화에 철학적 의미를 불어넣는 노력도 함께 평가되어야 한다고 생각했습니다.

어쨌든, 피아노가 말을 하는 것 같았고, 피아노가 우리를 어디론가 이끌고 들어가는 것 같은 느낌을 받으면서 밤새워 듣는 우리

가곡에서 저는 '희망'을 보았습니다. 정품(正品)을 넘어선 정품(精品) 시(詩)에 정장(正裝)의 가곡(歌曲)을 입혀 대중의 마음을 사로잡을 수 있도록 훌륭한 노랫말을 먼저 내놓는 일이 요긴하다고 생각했습니다. 그런 의미에서는 저처럼 시를 쓰는 사람의 노력이 우선되어야 하겠지만 말입니다.

제 말이 너무 장황했지요? 작곡가님의 생각과 다른 점이 있더라도 이해해 주시기 바랍니다. 그리고 앞으로도 가끔 노래 들려주시기 바랍니다. 개인적으로는 조용한 시간에 노래를 들으면서 위로받거든요.

A 정덕기 : 저의 곡을 전부 들려드리고 싶습니다. 고맙습니다.

Q 이시환 : 조금 전에 제가 '정품(精品) 시(詩)에 정장(正裝) 가곡(歌曲)'이란 말을 했습니다만, 듣기에는 시인 작곡가 여러분의 기분이 나빠질 수 있겠다는 생각이 듭니다만 이해해 주시리라 믿고, 평소에 우리 가곡 노랫말에 대해 불평불만이 많은 사람으로서 이상적인 노랫말로서 시를 얘기할 필요가 있는데요, 이 문제에 관해서는 평생 시를 써온 제가 말하는 편이 옳겠지요?

A 정덕기 : 우리 작곡가들은 마음에 들든 들지 않든, 주어진 시를 가지고 나름대로 그에 맞는 곡 짓기를 해왔다고 해도 과언이 아닙니다. 곡이야 작곡가의 문제이지만 노랫말은 시인의 문제라고 생각합니다. 시인님께서 말하는 노랫말로서 '정품(精品) 시

(詩)'가 어떤 것인지 저도 관심이 많이 갑니다.

Q 이시환 : 노랫말로서 '시의 정품(精品)'이란 말을 했으니 그 정품이 무엇인지를 설명함으로써 말에 대한 책임을 져야 하겠지요. 세부적인 내용에 대해서는 별도의 글이 필요합니다만 저의 생각은 이렇습니다.

시에는 주제가 하나이어야 합니다. 둘이 나란히 병립되어서도 안 됩니다. 시의 모든 이야기는 그 하나의 주제로 귀결되어야 합니다. 이 주제는 시인이 궁극적으로 드러내어 말하고자 함이며, 동시에 노래를 불러 대중에게 전달하고자 하는 최종의 메시지이지요.

그런데 그것을 드러내는 방식은 양각(陽刻)과 음각(陰刻) 두 가지가 있습니다. 양각은 조각에서 볼록 튀어나오게 하는 것처럼 주제를 겉으로 드러내어 강조하는 것인데, 의미를 설명하거나 기술하는 문장에서 많이 쓰입니다. 그리고 음각은 시 전문을 통해서 그러니까, 시 전문은 어떤 상황을 묘사했거나 그 묘사한 내용으로 정작 말하고자 함을 환기해주거나 떠올리게 할 뿐 그것을 직접 지시하거나 단정하지는 않습니다. 미루어 짐작게 하고 느끼게 하지요.

양각이든 음각이든 그것은 주제를 드러내 놓은 결과로서 '양태(樣態)'라고 한다면 그 하나의 주제를 말하고 강조하는 데에는 일정한 '순서(順序)'랄까 '질서(秩序)'가 있는데 이것이 또한 중요합니다. 쉽게 말해, 무엇을 주장하고자 할 때 주장하기 위해서 말을 개진해나가는 과정이 있듯이 한 편의 시에서 정작 하고 싶은 말을 하기 위해서 일정한 질서를 탄다는 뜻입니다. 그 질서가 바로 우리가 알고 있는 '기승전결(起承轉結)'이라고 하는 가장 경제적이면서 가장 탄력적인 방법 곧 '길'입니다.

기승전결에는 군더더기가 있을 수 없지요. 시인의 욕심이 많아지거나 정작 드러내고자 하는 바가 잘 정리되어 있지 않으면 군더더기가 자꾸 붙게 되어 있습니다. 이 기승전결은 시가 몇 행이든 관계없이 정상적이라면 따를 수밖에 없는, 가장 간단한 방식으로 자신의 의중을 효과적으로 드러내기 위해 최적화된, 일종의 '기본 틀'입니다. 물론, 노랫말이 기승전결을 타고 있을 때 곡도 같이 타야 한다고 생각합니다. 전체적인 흐름을 타지 않고 지엽적인 부분에서 곡을 너무 화려하게 치장하면 전체적인 주제 부각을 방해하는 결과를 낳게 됩니다.

사실, 주제는 한 편의 시에서 가장 중요한 키워드로 나타나는 경향이 있고, 나머지 모든 문장은 그 키워드를 향해서 사방에서 모여드는 형국이 됩니다. 결과적으로 키워드가 많으면 많을수록 집중력을 분산시켜 놓기에 좋지 않다는 뜻이기도 합니다.

그리고 시 문장에서 어순(語順)과 선택되는 시어(詩語)는 너무 중요합니다. 같은 의미의 문장이라고 해도 어순이 도치되면 강조되는 낱말이 바뀌게 되면서 호흡도 바뀌게 됩니다. 시어는 아무리 강조해도 지나치지 않는데 시인 개인의 어휘력 문제이기도 하고, 동시에 언어 감각 문제입니다. 저는 개인적으로 '사랑' 이라는 단어를 쓰지 않고 절절한 사랑을 느끼도록 하는 문장으로 사랑에 관한 노랫말을 짓고 싶습니다. 시인으로서 일종의 목표이지요. 천명(天命), 고독(孤獨), 혁명(革命), 사랑, 영원(永遠) 등의 굵직굵직한 시어(詩語)들은 함부로 쓰면 역효과가 나지요. 평이(平易)한 시어로도 얼마든지 자신의 의중을 효과적으로 드러낼 수 있다고 봅니다. 물론, 쉬운 일은 아닙니다.

그리고 문장은 쉽고 절실하게, 구조는 단순하게, 그리고 내용은 깊게, 의미심장하게 하는 것이 노랫말의 기본이자 목표라고 저는 생각합니다. 물론, 시에 담기는 정서는 보편적인 것일수록 공감의 파장이 크겠지요.

두서없는 저의 주장은 별도로 구체적으로 집필되어야 하겠지만 아직 검증되었다고 말할 수는 없습니다. 앞으로 제 시에 곡을 붙여서 확인하고픈 심정입니다. 그리하여 정 작곡가님처럼 노랫말에 대한 각론(各論)을 쓰고도 싶습니다.

A **정덕기** : 사실, 좋은 시를 만나면 더할 나위 없이 좋지요. 왜냐하면, 시인의 상상력 위에 작곡가의 상상력이 보태어지니까요. 시인의 상상력이 빈약하면 그만큼 작곡가의 상상력도 빈약해지지요. 그래서 작곡가로서도 좋은 시를 만나고자 합니다. 또한, 한문으로 된 문장, 추상명사 등은 작곡이 되었을 때 잘못하면 어색해집니다. 보통명사가 좋지요.

그러나 아이니컬하게도 좋은 시에 곡을 붙이면 늘 좋은 곡이 되어야 하고, 보통의 시에 곡을 붙이면 보통의 곡이 되어야 하는데 반드시 그렇게 되지가 않는다는 사실입니다. 곡 쓸 그때의 컨디션, '상상력(想像力)'이 중요한 것 같습니다.

Q **이시환** : 정 작곡가님, 정말 감사합니다. 정 선생님께서 하신 말씀을 곰곰이 새겨 저도 노랫말로서의 좋은 시란 어떤 시인가? 탐구 과제로 삼고 반드시 각론을 써보겠습니다.

30년 만에 작곡가님을 다시 만나게 된 현장에서 작곡가님이 제게 한 말에 제가 잠시 꽂혔었습니다. '이제 정년퇴임(停年退任)하고 앞으로 10년 동안은 새로운 음악 인생을 살고 싶다'라고 했을 때 의욕과 희망이 제게 전이(轉移)되었으며, 무언가 공통 관심사에 관해서 얘기할 수 있겠다 싶었기 때문입니다. 그동안 600여 가곡을 포함하여 천여 곡을 쓰시고 간단없는 활동을 해오셨는데 그간에 익히고 터득하신 음악적 역량을 발판 삼아 제2의 도약(跳躍), 아니 비상(飛上)이 있기를 축원하겠습니다. 저도 우리 가곡을 자주 들으며 응원하겠습니다. 그리고 음악에 대해서 무지한 제가 노랫말에 초점을 맞추어 질문했는데 너그럽게 잘 받아주시어 감사합니다. 부디, 정 작곡가님 하시고자 하는 일에 성취가 있기를 기대하면서 저도 시인으로서 노력하겠습니다. 감사합니다.

A **정덕기** : 어느 예술잡지사에 나가서 일단 저의 정년은 앞으로

10년, 그러니까 75세까지이다. 라고 말했습니다. 그 10년 동안 매년 교향곡 1곡, 오페라 1곡을 쓸 예정이라고 하였습니다. 정말 그렇게 해 보고 싶습니다. 선생님께서도 응원 부탁드립니다. 고 맙습니다.

시적 상상력이 그 누구보다도 많으신 선생님을 만나 정말 즐거울 것 같습니다. 선생님 고맙습니다[끝].

※ 대담원고가 생산되기까지 : 2021년 12월 11일 ~ 동년 동월 23일까지 이메일 또는 카톡으로 주고받았던 질문과 답변 내용을 토대로 작성된 것임

작곡가 **정덕기**(鄭德基 : CHUNG, Duk-Kee)
오페라, 오라토리오, 칸타타, 관현악곡, 실내악곡, 가곡, 합창곡, 교회음악, 동요, 행사곡, 각종 편곡 등 1,000여 편 작곡, 이 가운데 가곡이 600편 있음. 백석대학교 문화예술학부 교수 역임.
lovelove 〈wjdejrrl1@hanmail.net

시인 겸 문학평론가 **이시환**(李是煥)
시집, 문학평론집, 여행기, 종교적 에세이집, 명상법, 주역 등 33종의 개인 저서
「동방문학」 발행인 겸 편집인
dongbangsi@hanmail.net

후기

지난 2021년도에는 내게 많은 일이 있었다. 2년째 계속된 코로나 대유행으로 백신 접종을 세 차례나 했고, 오른발에 족저근막염이 생겨 걷기에 약간 불편해지기도 했다. 게다가, 백신 3차 접종 전 지독한 감기몸살로 일주일 동안 평생 한 번도 느껴보지 못한 온갖 증상들이 나타났다. 그런 와중에도 나는 발바닥과 발목을 붕대로 감고 뜸하게 산행을 감행했고, 주역(周易) 삼매에 빠져 계사전(繫辭傳)과 단전(彖傳)을 우리말로 번역했으며, 주역 64괘(卦)를 탐구하고, 관련 책 3종을 펴냈다. 그 덕으로 일년이 순식간에 지나갔고, 나는 자신도 모르게 몸이 많이 지쳐 있었다.

그해 12월, 한국예술평론가협의회 시상식장에서 정덕기 작곡가를 만난 뒤부터 우리 가곡을 들어왔고, 슈베르트 가곡 「겨울 나그네」 연가곡까지 들었으며, 나아가 스테판 하우저(Stiepan Hauser:1986~   )를 비롯하여 적지 아니한 유명 연주자들의 콘서트 녹화영상을 보면서 휴식을 취하고 있다. 이런 시기에 시선집을 펴내겠다고 욕심을 냈고, 이 원고들을 정리했다. 한마디로 말해, 지난 12월과 올 1월 사이 한 50여 일은 그래도 행복했다. 족저근막염도 없어지고, 지독했던 감기 증후도 거의 다 없어졌다. 새해 들어서 아들과 함께 즐겨가는 북한산에서 일출을 보았고, 동해바닷가에서도, 눈 덮인 하얀 산에서도 일출을 지켜보았다. 아침의 상서로운 기운을 온몸으로 받은 것 같아 기분이 너무 좋다.

이제, 무슨 일을 하든 숨 막히는 듯한, 아니, 숨넘어가는 절정(絕頂)의 고요 속에서 펼쳐지는 연주자의 분주한 손놀림 같은 숙련과 여유가 있어야 하고, 죽었다가 다시 숨이 돌아오는 길의 희망과도 같은 생명의 소중함과 그 아름다움을 만끽하고 싶다. 이것이 내게 남은 삶이어야 한다고 생각한다.

-2022. 02. 09.

이시환 시선집 **시를 읽는 피아노**

초판인쇄 2022년 08월 01일 **초판발행** 2022년 08월 05일

지은이 **이시환**
펴낸이 **이혜숙** 펴낸곳 **신세림출판사**
등록일 **1991년 12월 24일 제2-1298호**

04559 서울특별시 중구 퇴계로49길 14,
충무로엘크루메트로시티2차 1동 720호
전화 **02-2264-1972** 팩스 **02-2264-1973**
E-mail : shinselim72@hanmail.net

정가 **10,000원**

ISBN **978-89-5800-252-9, 03810**